# EL LADO BUENO DE LAS COSAS

# ANA BRITO
# EL LADO BUENO DE LAS COSAS

temas de hoy

178


Edición a cargo de Berta Lluís


temas de hoy, un sello editorial de Editorial Planeta, S. A.
Avda. Diagonal, 662-664, 08034 Barcelona (España)
www.planetadelibros.com

Primera edición: octubre de 2024
ISBN: 978-84-19812-63-6
Depósito legal: B. 15.648-2024
Composición: Maria García
Impresión y encuadernación: Egedsa
*Printed in Spai*n - Impreso en España



PEFC Certificado
Este libro procede de bosques gestionados de forma sostenible
PEFC
PEFC/14-38300305
www.pefc.es

# ÍNDICE

## Segunda parte
## CONSIGUE LO QUE QUIERES. DEFINE TU SUEÑO



## Tercera parte
## VIBRA CON LO QUE SUEÑAS



## Cuarta parte
## VE EL VASO SIEMPRE MEDIO LLENO

## QUINTA PARTE
## SORTEA LAS PIEDRAS EN EL CAMINO

*A mis abuelos, por ser la razón de esta locura.*
*A mi marido, por ser el cimiento de mi vida.*
*A mi madre, por ser la risa que la envuelve,*
*y a Little Lady, eres y serás la gasolina de mi conquista.*

*Gracias, mis Nebliners.*
*¡A seguir soñando!*

# PRÓLOGO

Hace años me llamó mi amigo José María Irisarri y me dijo que tenía que conocer a una persona muy especial, una tal Ana Brito: «Es amiga de la familia, se quiere dedicar a la comedia, está un poco verde, pero es divertidísima y tiene una determinación increíble».

No se equivocó en una sola coma.

Al principio, Ana era como un diamante en bruto. Su energía era innegable; su creatividad, desbordante. Pero como cualquier principiante, tenía mucho que aprender.

Lo que me impresionó desde el primer momento fue su disposición para hacerlo. Le sugerí cursos, libros, que se formara continuamente… y, a diferencia de muchos otros, Ana no solo escuchaba, sino que absorbía cada consejo con una humildad inaudita. Esta es una de las características que más admiro de la Brito: su capacidad para escuchar y su incansable deseo de mejorar.

Si no la sigues en redes sociales, te estás perdiendo a una de las personas más divertidas que conozco. Su perfil de Instagram, @elshowdebriten, es una adicción en sí mismo. Es difícil ver solo un vídeo, porque cada uno es una dosis de risa y autenticidad. En poco tiempo, te habrás convertido en un Nebliner, como ella llama a sus fieles seguidores.

Puede que hayas llegado hasta aquí porque el título te llamó la atención, o quizás fue el azar lo que te llevó a elegir este libro. Pero te puedo asegurar que has hecho una buena elección.

Su contenido es como una de esas telenovelas que no puedes dejar de ver, en él se mezcla su vida con sabias lecciones de desarrollo personal. Un manual de vida que aúna sabiduría y humor a partes iguales.

Ana se abre sin filtros y, en su sinceridad y vulnerabilidad, encontramos aprendizajes valiosos. Porque, seamos honestos, se aprende más de las historias reales, con sus altibajos, que de aquellas personas que se presentan como infalibles.

Este libro es un reflejo de su autora: directo, honesto y lleno de esa chispa que la hace única. Ha devorado literatura de desarrollo personal, la ha digerido y ahora te ofrece un resumen de todo lo que a ella le ha ayudado, junto con episodios de su vida que te harán reír, reflexionar, y, sobre todo, aprender.

Como bien nos recuerda, la vida no es como esos vídeos en TikTok o Instagram que duran un minuto y parecen fáciles de crear. Detrás de cada vídeo hay horas de trabajo, y detrás de cada logro, un camino lleno de esfuerzo.

Escribo este prólogo después de leer su libro y debo confesar que, aunque también escribo sobre estos temas, he aprendido mucho de ella. Cada día la encuentro más sabia y más graciosa, y estoy seguro de que tú también lo harás.

*El lado bueno de las cosas* es una guía sincera y divertida para aquellos que buscan encontrar su propósito, superar sus miedos y vivir una vida más plena y feliz. Ana Brito, con su estilo único y su energía contagiosa, nos invita a mirar la vida con otros ojos y a descubrir el poder que tenemos dentro de nosotros para transformar nuestra realidad. Si estás buscando inspiración y un empujón para seguir adelante con tus sueños, este libro es para ti.

¡A disfrutar!

Mago More

# ¿FELICIDAD, DICES? ¿Y ESO QUÉ ES?

¡Bienvenido, bienvenida! Me presento: soy Ana Brito, alias «Briten». Se podría decir que soy *influencer,* aunque, en realidad, lo que soy es una loca de la vida que en un momento de desesperación empezó a hacer vídeos de humor en redes y tuvo la suerte de caer en gracia. Bueno, suerte y que me lo curré un montón (y me lo sigo currando), ¿para qué vamos a engañarnos? Después de muchos baches e idas y venidas vitales, conseguí seguidores (mis amados Nebliners) y que las marcas se fijaran en mí, lo que, más adelante, me abrió las puertas a muchísimas oportunidades y a tener un pódcast, *Poco se habla!*, con mi querido Xuso Jones, que ha ganado un premio Ondas. Muy fuerte. Se podría decir que mi historia es la de un ascenso fulgurante. Este libro también podría titularse *Ana Brito: de las profundidades del inframundo a las mieles del éxito.* Es broma, estoy siendo una dramática, y la exageración es marca de la casa.

La semilla de este libro surgió de una charla en la que me preguntaron: «¿Qué es para ti la felicidad?». No me acuerdo de lo que contesté (supongo que algo para salir del paso), pero lo que sí sé es que me quedé dándole vueltas a esta pregunta durante semanas. No es una cuestión simple de contestar, y puede interpretarse de infinitas maneras. Durante días, me dediqué a repasar mi vida para intentar responder a la dichosa pregunta, y llegué a la conclusión de que **la felicidad, tal y como nos la han contado, no existe**. La vida no son todo unicornios y arcoíris, y la felicidad no es algo que simplemente «sucede» o «se manifiesta» como por arte de magia.

He tenido que pasar por muchas situaciones desagradables, podríamos decir que he vivido un auténtico cóctel molotov, y fruto de estas experiencias he aprendido que **la felicidad no existe porque la felicidad se trabaja**. La felicidad se busca, no te la encuentras. La felicidad no aparece sin más, sino que la creas y la persigues. Y es en esa búsqueda, en ese crear y perseguir, donde uno alcanza lo que algunos llaman «felicidad».

Por lo tanto, volviendo a la pregunta de «¿qué es para mí la felicidad?», la forma más breve de responder sería: «buscar el lado bueno de las cosas». Porque, primero, implica que yo hago algo para que este bienestar llegue a mí («busco») y, segundo, asumo que la auténtica felicidad no es la perfección (*spoiler*: no existe), sino que se encuentra en las cosas buenas, entremezclada con las no tan buenas, con las malas y con las peores. Por ejemplo, quedarme sin chocolate. #DRAMA.

¿Y por qué he escrito un libro? Sin tapujos, florituras y siendo fiel a mi a veces suicida exceso de sinceridad, voy a explicarte las razones por las cuales he decidido escribir estas páginas que estás leyendo:

- Para ganar dinero. Es broma. O no. Hablemos desde el confort de mi yate.
- Porque no soy lo que parezco. Puede que si ya me conoces esperes que esto sea una novela sobre la comedia de mi vida. Estás familiarizado con mi faceta cómica, la que enseño en mis vídeos, la faceta *El Show de Briten*. Sin embargo, aquí también me apetece hablar desde mi otra cara, un poquito más seria y profunda. Tampoco te me asustes, una es como es y no voy a poder evitar los chascarrillos... En cualquier caso: «¡Encantada!».
- Porque quería cumplir un (otro) sueño. Escribir un libro estaba tanto en mi carta al universo como en mi *vision board* o panel de los sueños —si no sabes de lo que te estoy hablando, pronto lo descubrirás—, y ha sido un reto personal al que tenía muchísimas ganas de enfrentarme.
- Por todos los «¿cómo lo has hecho?».

De vez en cuando me preguntan cómo he llegado donde estoy hoy. Pues como ser agradecido es de bien nacido, he decidido responder a esta pregunta con nada más y nada menos que un libro de 250 páginas, ¿qué te parece? Aquí te voy a contar cómo en 2020 y en plena pandemia decidí coger las riendas de mi vida y dar un giro de 180 grados a mi carrera profesional sin morir en el intento. Voy a sincerarme contigo y voy a explicarte cómo logré priorizarme de una vez y recuperar la ilusión. En definitiva, voy a contarte cuáles han sido mis aprendizajes y qué métodos me han servido para cumplir mis objetivos.

Me he dedicado a seleccionar y sintetizar todo lo que me ha dado resultados y que creo que también puede dártelos a ti. Claro que nuestras historias serán distintas, pero seguro que encuentras en la mía algo que te ayudará a escribir la tuya o desde luego eso espero. Y, créeme, si yo he podido, ¡está claro que tú también!

Espero que con este libro entiendas que, **aunque no elegimos dónde nacemos ni bajo qué circunstancias, sí que podemos elegir a dónde queremos llegar y, sobre todo, con qué actitud queremos hacerlo**. Espero que mi mensaje te cale, te inspire y te impulse para trabajar y convertirte en quien quieres ser.

La vida, no te engañaré, es un reto. Sin embargo, esto no es malo: que sea un reto es un regalo. ¡Qué aburrido si todos los días fuesen iguales! Así que **coge los retos, conviértelos en regalos y busca el lado bueno de las cosas**, porque quizás en esa búsqueda encuentres tu felicidad.

¡Empezamos!

ANA

# PRIMERA PARTE
# AVERIGUA QUIÉN ERES. DEL AUTOCONOCIMIENTO AL ÉXITO

Cualquier vida, no importa lo compleja que sea, está hecha de un solo momento. El momento en que un hombre descubre, de una vez y para siempre, quién es.

JORGE LUIS BORGES

¿Quién eres? ¿Cómo te defines? Parece una pregunta sencilla de contestar, pero si somos honestos quizás sea de las más difíciles de responder y, admitámoslo, es una pereza de pregunta. Ojalá pudiéramos pedirle la respuesta a Siri, a Alexa a Google o a ChatGPT, que para eso tienen respuestas para todo. ¡Ojalá funcionara así! Pero no. Muy a tu pesar, te diré que vale la pena darle una vuelta a esta pregunta porque, a veces, hay una fina línea entre lo que somos y lo que creemos que somos. Entre la idea que nos hemos formado sobre nosotros mismos a partir de vivencias y experiencias personales y la realidad. Anda que si llegas a saber que este libro es un trabalenguas no lo compras, ¿eh? Pues espera, que sigue.

Para diferenciar quién eres de quién crees ser el autoconocimiento es clave. Pero antes que nada, tendrás que vencer el miedo a conocerte en profundidad. «¿Miedo de qué?», dirás. Pues a descubrir cosas que no te gustan o a las que no te quieres enfrentar. Pero *ya tu sabe* que el conocimiento es poder y sin saber quién somos, qué nos mueve, nuestras limitaciones y nuestros puntos fuertes es imposible que alcancemos el bienestar.

El autoconocimiento siempre ha estado presente en mi vida, y eso es gracias a mi madre. Ella siempre ha leído mucho sobre desarrollo personal (e incluso ha llegado a dedicarse a ello), por lo que desde pequeña mamé la importancia de conocerse a uno mismo. No es que me persiguiera por la casa con una escoba al grito de «¡Pregúntate quién eres!, ¡pregúntate quién eres!» (ojalá lo hubiera hecho, ya que, como anécdota, hubiera sido BRUTAL), pero sí que la veía autocuestionarse continuamente, y es algo que normalicé desde que tengo uso de razón.

Mi madre se pasaba el día leyendo libros y apuntes, atendiendo a infinidad de cursos e incluso escuchando conferenciantes internacionales en CD o casete. Era tal su entrega que, cuando en el colegio me preguntaban a qué se dedicaba mi madre, contestaba «a estudiar». De profesión: empollona. A pesar de que siendo muy pequeña no entendía la materia, sí que creo que, al vivirlo tan de cerca, algo de todo aquello se quedó en mi inconsciente, y por eso cuando fui haciéndome mayor me interesé por el desarrollo personal. Es más, desde mi adolescencia casi no recuerdo leer libros que no hablaran de ello, dejando de lado los que nos obligaban a leer en clase. Que, entre nosotros, muchos eran un bajón y lo sabes…

¡No pienses ahora que solo leía libros Mr. Wonderful o sobre cómo convertirme en millonaria! (que también), pero para mí el desarrollo personal incluye temáticas de lo más dispares. Te dejo aquí una lista de algunas de las principales para que entiendas su amplitud:

| | |
|---|---|
| Filosofía | Desarrollo creativo |
| Psicología | Pensamiento positivo |
| Sociología | Crecimiento individual |
| Comunicación | Liderazgo |
| Desarrollo espiritual | Relaciones humanas |
| Visualización creativa | Inteligencia emocional |
| *Coaching* | Habilidades cognitivas y sociales |

El desarrollo personal me ha dado un montón de recursos que, aunque en el momento puede que no haya usado, me han servido y me servirán en el futuro para mejorar y encontrar mi mejor versión. Siempre me ha interesado conocerme mejor, aunque, entre nosotros, no ha sido nada fácil averiguar quién soy. A día de hoy, puedo afirmar que me conozco, pero también que no puedo saber con certeza en quién me convertiré. Creo que somos seres adaptables y que vamos cambiando a medida que vivimos nuevas experiencias y adquirimos nuevos aprendizajes.

**Quien fui ayer no determina quién soy hoy, de la misma manera que quien soy hoy no tiene por qué determinar quién seré mañana.**

Ella, poeta. La pena es que, a veces, el cambio, tan natural en nosotros, se percibe como algo malo para el resto. Como si por cambiar estuviéramos traicionando nuestra identidad y a los que nos rodean. Y no, Mari Carmen, el cambio no es malo. Es como un juego de equilibrio: tienes que conocerte bien pero, al mismo tiempo, no puedes anclarte o aferrarte demasiado a aquello que te define. En ese estudiarse y cuestionarse a uno mismo, que en mi opinión debería ser un trabajo constante, encontrarás cosas que ya sabías y descubrirás que hay otras que no son como pensabas: lo que se confirme, te lo quedas; lo que no, lo desechas, y lo nuevo, lo abrazas. Pero lo más importante es que ensalces lo bueno y busques la manera de mejorar lo no tan bueno. ¿Cómo? De eso va este primer capítulo.

# CONÓCETE MÁS ALLÁ DE TUS LÍMITES

Poco se habla de que, a menudo, no nos conocemos, sino que creemos conocernos. Es un temón. Es habitual que nos creemos una imagen de nosotros mismos basada en cómo nos ven los demás y en todos los comportamientos que hemos ido repitiendo a lo largo de la vida. Esto último tiene sentido, ya que, si siempre hacemos una misma cosa u actuamos de una misma manera, podemos afirmar que somos así o asá. Por ejemplo, si yo desde siempre y de forma natural he sido una persona abierta, con todo lo que ello implica, puedo identificar esto como una de mis cualidades. En cambio, dejar que los demás nos definan es tremendamente peligroso. Es como darle el poder a nuestro entorno de colgarnos etiquetas con sus propias ideas, ¡que no tienen por qué ser verdad ni ajustarse a la realidad! Y aun así, decidimos cargar con ellas sin ni siquiera cuestionarlas… ¡Te presento las creencias limitantes! Aviso: se viene chapa.

Albert Ellis, reconocido psicoterapeuta estadounidense y fundador de la Terapia Racional Emotiva Conductual (solo el nombre marea, qué ganas de complicarse el Sr. Ellis, de verdad), se dedicó a estudiar las irracionalidades de nuestros pensamientos. Descubrió que hay un sinfín de creencias erróneas que nos pueden producir un enorme malestar, y que a menudo se interiorizan en el hogar, pero también en nuestro entorno (amigos, conocidos, la dependienta de turno, el famoso con el que estamos obsesionados, como por ejemplo Thor…). Vamos, que todas nuestras relaciones pueden influirnos. Cuando determinadas ideas van haciendo mella en nosotros, nos las creemos e incluso —ojito— pueden llegar a tomar el control de nuestras vidas. Ellis diferenció once tipos de pensamientos o creencias irracionales. Te cuento algunas:

- **«Si no me aceptan no soy lo suficientemente válido.»** Buscas constantemente la aprobación de los demás para sentirte valorado. Especialmente cuando sientes el rechazo, como por ejemplo cuando no te seleccionan en un trabajo o cuando te hacen el vacío en un grupo. Esto te genera mucha frustración y a veces incluso culpabilidad «¿Qué he hecho mal?», «¿por qué yo no?». Mari, no todos servimos para todo ni le vamos a gustar a todo el mundo. A los haters me remito.
- **«Necesito sentirme capaz y dominar la gran mayoría de los aspectos de mi vida para sentir que**

**tengo el control.»** Esta búsqueda de perfección y exigencia extrema te genera una ansiedad que, por muy tóxica que sea, has acabado por normalizar. Es una obviedad que no todos valemos para todo. Y, *spoiler*: no pasa nada.

- **«La gente que actúa con maldad debe ser culpada y castigada.»** Tiendes a juzgar y a ser extremista en tus opiniones sin abrirte a la posibilidad de que a veces la gente comete errores fruto de la ignorancia y la inestabilidad emocional. Al igual que tú, la gente lo hace lo mejor que puede y a veces, sin quererlo, la caga.
- **«Nunca nada sale como yo quiero, todo me sale mal, no tengo suerte.»** Te frustras con facilidad cuando las cosas no suceden como tú quieres y tiendes a dramatizar. De todo se sale y de tu drama, también. Sea lo que sea que te pase: es mejor que morirse.
- **«Es más fácil evitar que afrontar ciertas responsabilidades y dificultades en la vida.»** Eres de esa gente que no se moja y que prefiere que pase el tiempo, a enfrentarse o tener una conversación delicada. A veces tu comportamiento ha hecho que las cosas se enfríen o incluso que dejes pasar oportunidades únicas. Siento decirte que todo cuesta y que no afrontar correctamente las cosas, como ya sabrás, puede hacer que te arrepientas toda la vida de ello.

Como has visto, las creencias limitantes son pensamientos, convicciones e ideas que tenemos sobre nosotros mismos y/o sobre nuestro alrededor que obstaculizan y limitan nuestro potencial y nuestra capacidad para alcanzar objetivos propios. El problema de las creencias limitantes es que, al ir de la mano de pensamientos negativos repetidos en el tiempo, refuerzan la propia creencia y se acaba creando una opinión negativa muy arraigada difícil de eliminar. Es un círculo vicioso y tremendamente tóxico.

Por ejemplo, es muy común tener lo que se conoce como «el síndrome del impostor», que no deja de ser el no creerse merecedor del éxito que uno vive. Quien lo sufra puede llegar a pensar que el éxito que está viviendo es superior al que tiene derecho y por ello entra en conflicto con su propio equilibrio creando inseguridades. Si te repites a menudo «No soy lo suficientemente bueno», es probable que sufras este síndrome. Como tu vara de medir es la perfección, consideras que hay un millón de cosas que podrías hacer mejor, que te falta esto y lo otro, que algún día van a descubrir que no eres tan perfecta... Te entiendo. En mi caso, he tenido épocas en las que me he sentido así y he pensado cosas como: «Mis vídeos no son suficientemente buenos, no soy capaz de escribir textos divertidos», o incluso escribiendo este libro he tenido muchos momentos angustiosos al pensar que sería un tremendo fracaso (por favor, si estás de acuerdo con esta afirmación... por mi salud mental, miénteme). También me ha ocurrido en lo personal, tanto con parejas como con amistades. He pensado que no era suficiente, que tenía que hacer lo que se esperaba de mí por miedo a que no me aceptaran en un grupo, perdiendo en el camino mi esencia personal a costa de terceros.

Un ejemplo clarísimo de esto, que sería esa necesidad de aprobación de la que hemos hablado antes, sería el momento en el que de adolescentes empezamos a fumar, a beber o incluso a vestirnos como nuestros compañeros solo para sentirnos aceptados. Que levante la mano quien no ha tomado un chupito de más para hacerse el guay y ha acabado sin dientes. Yo levanto las dos, porque como esto he hecho mil cosas para encajar y no porque me apeteciera. Somos patéticos, no pasa nada, yo la primera. ¿O me vas a decir ahora que el Jägermeister está bueno? Vamos hombre.

A menudo las creencias limitantes surgen en nuestra infancia a partir de experiencias pasadas, influencias culturales y de mandatos de nuestros padres o familiares. Los mandatos son mensajes, normas, valores y roles que recibimos de nuestros cuidadores, y que ellos esperan que sigamos. Por ejemplo: «Si no estudias no vas a llegar a nada en la vida», «El dinero no crece en los árboles», «Si quieres prosperar, haz una carrera de provecho» y un sinfín de afirmaciones del estilo. Estas nos acompañan desde siempre y, como hemos comentado, no las cuestionamos, sino que las damos por hecho. Por ejemplo, imaginemos que de pequeños somos especialmente patosos. Venga a tirar cosas, venga a tropezarnos, venga a tirar cualquier vaso que tenga líquido dentro. Como para llevarte a un restaurante sin miedo. Imposible. Eso hará que a tu alrededor surja la convicción de que eres alguien patoso. Te han metido en la cabeza una creencia limitante que tú asumes como verdad absoluta para el resto de tu vida. Perdonadme la vida por tener cinco años y no saber comportarme como la persona madura y responsable que esperan que sea. Cuestiónate si a ti también te pasa, seguramente te consideres patoso cuando probablemente no lo seas. Ana: 1 - Lector en *shock*: 0.

Es habitual que los mandatos familiares no se expresen de forma directa, sino que a menudo se trata de insinuaciones o actitudes que poco a poco influyen en la personalidad de quien las recibe. Todas las familias tienen mandatos familiares y no tienen por qué ser malos, pero conviene identificarlos para saber hasta qué punto nos pueden estar afectando. Por ejemplo, un mandato común puede ser «La familia es lo primero». *A priori* puede parecer inofensivo, pero en según qué ambientes quizás priorizar siempre la familia no es la mejor de las ideas... O, por ejemplo, «Los mayores son los que saben». Pues es verdad que los abuelos son un pozo de sabiduría muchísimas veces, pero eso no significa que las únicas opiniones válidas de la familia sean las expresadas por las personas de más edad. El «Con todo lo que hemos dado por ti» es otro mandato tremendo que te obliga a sacrificarte y a poner las necesidades ajenas por delante de las propias. Y ya no te hablo de ser «la oveja negra». Bueno, si te han colgado el sambenito de que eres el que siempre da la nota en la familia, ánimo para deshacerte de él. Si se ponen tontos no pasa nada: dos velas negras, como Aramis Fuster.

Imagino que estás un poco aturullado con la infinidad de creencias limitantes que existen. La buena noticia es que, por muy arraigados que estén en nuestra mente, se pueden modificar. Te presento la técnica ABC (se curraron el nombre, ¿eh?). Según Ellis, no son los acontecimientos (A) los que nos generan los estados emocionales (C), sino la manera de interpretarlos (B). Por tanto, si somos capaces de cambiar nuestras creencias irracionales (B) podemos controlar nuestras reacciones (C) ante la misma experiencia (A). No me he vuelto loca con tanta letra, aquí tienes la chuleta:

| | **A**<br>**Acontecimiento** | **B**<br>**Interpretación** | **C**<br>**Emoción** |
|---|---|---|---|
| **Pensamiento irracional** | Mi jefe me ha despedido del trabajo. | «Soy un fracasado por haberme quedado sin trabajo, nunca encontraré otro igual. Es una catástrofe.» | Culpa, furia, depresión.<br>No duermo bien. |
| **Pensamiento racional** | Mi jefe me ha despedido del trabajo. | «Es una putada pero no se acaba el mundo. Algo saldrá.» | Molesto. |

*Invéntate nuevas creencias*

Ahora que ya sabes cómo funciona esto de las creencias limitantes, ¿qué tal si trabajas las tuyas? Presta mucha atención a tu forma de actuar, pensar y sentir en tu día a día y, cuando detectes que alguna creencia se ha activado, anótala. Después, rellena esta tabla e invéntate una creencia nueva que sustituya a la vieja. ¡Pa' fuera lo malo!

| A<br>Acontecimiento | C<br>Emoción, consecuencia | B<br>Creencia irracional que se activa | B<br>Nueva creencia |
|---|---|---|---|
| Mis amigas me piden que me encargue de ir a comprar un regalo de cumple conjunto, pero voy muy liada y no tengo tiempo. | Me da miedo que se enfaden conmigo si les digo que no voy por trabajo, y al final miento y les digo que estoy enferma y que no puedo ir. | «Es más fácil evitar que afrontar ciertas responsabilidades y dificultades en la vida.» | «Mis amigas valoran que sea honesta y entienden que no puedo con todo.» Con esta nueva creencia, les puedo decir que voy liada y lo entenderán. |

Otro truco para decir «hasta nunca» a las creencias limitantes es cuestionarlas mucho, muchísimo. En el siguiente ejercicio te cuento cómo.

### Cuestiona tus creencias limitantes

La autora Katie Byron ha desarrollado una técnica conocida como «The Work» para examinar y cuestionar los pensamientos que causan sufrimiento. Ante cualquier creencia limitante, se formula estas cuatro preguntas:

1. ¿Esto es cierto? Partiendo de la base de que estás seguro de ello, tu respuesta será afirmativa.
2. ¿Puedes afirmar con seguridad que es totalmente cierto? Al hacer esta pregunta comenzamos a encontrar casos en los que la afirmación se cae porque a veces no es así, no siempre se da esa circunstancia. Se viene la caída de un mito.
3. Pon ejemplos que sirvan como evidencia para demostrar que no siempre cumples esa creencia limitante. Los argumentos que surjan desmontarán tu creencia y sentirás alivio al darte cuenta de que esa creencia limitante no es tan sólida como pensabas. Mito destruido en 3, 2, 1.
4. ¿Quién serías tú si vivieras libre de esta creencia? Enhorabuena, te acabas de dar cuenta de que eres invencible.

| Creencias limitantes | 1 ¿Es cierto? | 2 ¿Es totalmente cierto? | 3 Ejemplos | 4 ¿Quién serías sin esta creencia? |
|---|---|---|---|---|
| 1. | | | | |
| 2. | | | | |
| 3. | | | | |
| 4. | | | | |
| 5. | | | | |
| 6. | | | | |

¡El punto 3 es importantísimo! Si por ejemplo yo tengo la creencia de que no soy una buena profesional, buscaré la manera de justificar que sí lo soy: soy una buena profesional porque... venga ejemplos y venga ejemplos ¡Dios mío! ¡Si soy la puta ama! Que baje modesto que sube la Briten. Con esta técnica **cambias el foco de lo malo a lo bueno**.

Ahora que tenemos claro que parte de quien creemos ser es algo impuesto, para poder desenmarañar la diferencia entre aquello que somos y aquello que nos pensamos que somos es muy importante analizar nuestra autopercepción. En esta autoevaluación tendremos en cuenta nuestras habilidades, características, actitudes y logros. ¡Arribaaa! Es obvio que si nosotros mismos nos suspendemos, el amor propio brillará por su ausencia. Precisamente, para que esto no ocurra y evitemos convertirnos en examinadores intransigentes, es decir, en nuestros peores enemigos, es vital conocernos de verdad. Te dejo aquí otro ejercicio que podría ayudarte a analizar cómo te ves a ti mismo. Como digo siempre: valórate.

### Averigua cómo te ve

Coge papel y lápiz y divide una hoja en dos columnas. En una escribe tus fortalezas y, en la otra, tus debilidades. Al lado de cada uno de los adjetivos que te dediques, añade una explicación o un ejemplo. Recuerda que para cada una de ellas debes de tener varios ejemplos que justifiquen tu respuesta. Muy a mi pesar, no vale mentir.

| FORTALEZAS | DEBILIDADES |
|---|---|
| Soy muy empática y sensible.<br><br>Ejemplos:<br>· Entiendo las emociones de los demás.<br>· Cuando me cuentan problemas ajenos tiendo a escuchar atentamente, no juzgar y buscar formas de ayudarles.<br>· Soy sensible a las necesidades de los demás. | No verbalizo o externalizo que estoy mal hasta que llego al límite.<br><br>Ejemplos:<br>· Todas las crisis de ansiedad que he tenido (que no se hubieran dado si hubiera comentado mi estado previamente).<br>· Llamada de atención de los que me rodean: mis amigas y familiares avisando de que no me veían bien, muy ocupada, etc. |

Si en el ejercicio te topas con alguna cualidad que no sepas explicar, cuya justificación sea un «porque sí» o algo que pasó de manera puntual en el pasado, te adelanto que es una creencia limitante sobre quién eres.

| FORTALEZAS | DEBILIDADES |
| --- | --- |
| | |

## Descubre cómo te ven

Ponte en modo reportera y repite el mismo ejercicio, pero, esta vez, preguntando a gente de tu alrededor y, preferiblemente, de ambientes diferentes (laboral, familiar, social...). Habla con ellos acerca de cuáles creen que son tus virtudes y cuáles tus defectos e interésate por los motivos que te dan.

| FORTALEZAS | DEBILIDADES |
|---|---|
| Eres muy comprometida con tu trabajo y con las personas que quieres.<br><br>Ejemplos:<br>• En lo laboral, trabajo las horas que hagan falta y hago muchos sacrificios personales.<br>• En lo personal, si tienes un problema soy de las que están ahí las primeras sea la hora que sea y pase lo que pase. | Eres muy impaciente con todo.<br><br>Ejemplos:<br>• Me he llegado a comprar billetes de avión que no me han servido porque no he hecho caso a un «espera, confirmo».<br>• He llegado a grabar vídeos para marcas sin su confirmación para adelantar trabajo. Casi todos los he tenido que repetir. |

Estoy convencida de que te darás cuenta de que la gente ve en ti cosas que tú no veías, para bien y para mal. Yo, por ejemplo, haciendo este ejercicio me di cuenta de que por una vivencia puntual (un profesor que me vino a decir que nunca podría tener un negocio porque no sabía sumar) me había autoconvencido de que jamás podría hacer nada relacionado con números. No fue hasta que hice el ejercicio con la gente de mi alrededor que vi que ellos me percibían como alguien que sabía materializar las ideas y convertirlas en negocios. Todos lo veían menos yo debido a esta creencia limitante que me ha perseguido toda la vida. Ojo, que a lo largo de los años también he confirmado que no se me dan bien los números, pero ya no me limito, sino que intento mejorar aquello que no se me da bien. ¿Que es probable que nunca sea ingeniera? Puede ser, pero no por ello voy a dejar de estudiar, por ejemplo, las bases de la contabilidad o de empresariales. Y menos si tengo el don de materializar ideas, ¡vamos, digo yo!

De la misma manera, gracias a este mismo ejercicio descubrí una debilidad que desconocía de mí misma, que soy autoexigente hasta extremos nocivos. No era algo que yo hubiera destacado de mi personalidad antes de hacer este ejercicio, pero sí fue algo en lo que coincidieron todas las personas a quien pregunté. Además, fueron capaces de ponerme innumerables ejemplos como prueba de ello. Esto es un bajón, también te digo. Todo el mundo criticándome no es gracioso, pero si quieres ser tu mejor versión es lo que hay.

Los ejemplos en este ejercicio son primordiales. No solo para eliminar creencias limitantes del pasado sino, también, para no crear nuevas a partir de percepciones y opiniones ajenas. Al hacer este ejercicio, tenemos que asegurarnos de que tanto lo bueno como lo malo es percibido por un número considerable de personas capaces de dar varios ejemplos para sostener su percepción. Es decir, que te den una opinión sin ejemplos no es válido, ya que una opinión siempre es subjetiva y en este ejercicio se busca llegar a algo cercano a la objetividad. Así que, si un amigo te llama egoísta y no sabe cómo justificarlo, cambia de amigo.

| FORTALEZAS | DEBILIDADES |
|---|---|
| | |

Una vez aceptemos que la perfección no existe, es clave que aprovechemos que ahora sabemos con más seguridad en qué somos buenos y en qué no. Este conocimiento nos sirve tanto para mejorar aquello en lo que no destacamos e intentar crear día a día una mejor versión de nosotros mismos, como para entender cuáles son nuestras fortalezas y dones, potenciarlos y, por qué no, quizás vivir de ellos.

Si ya tienes los dos listados, el que has hecho individualmente y el que has elaborado a partir de las opiniones de tu alrededor, y ya has filtrado los atributos bien argumentados, que contienen ejemplos y con los que te sientes identificado, es momento de avanzar.

# DESCUBRE TU PERSONALIDAD: LUCES Y SOMBRAS

Para lo que vamos a ver ahora, es importante conocer la diferencia entre personalidad y don. Los dones son habilidades particulares e innatas, mientras que la personalidad son patrones generales de comportamiento que pueden variar. Es igual de importante indagar sobre cuáles son nuestros dones como sobre cuál es nuestra verdadera personalidad.

Tener clara nuestra personalidad nos ayuda, como hemos visto, a identificar virtudes y defectos para, entre otras cosas, mejorar nuestro comportamiento. Pero es importante matizar que hay ciertos aspectos de nuestra personalidad que cuesta mucho eliminar definitivamente. Sobre todo, aquellos rasgos definidos por nuestra genética y/o por el contexto social y cultural en el que nos hayamos criado. Esto no quiere decir que no podamos cambiar, pero tenemos que ser conscientes de que el cambio implicará un esfuerzo importante. Por ejemplo, por darme cuenta de que soy cabezota no voy a dejar de serlo, aunque el simple hecho de saberlo me dará la posibilidad de, al menos, intentar controlarlo. Puedo modificar mi comportamiento, en este caso, abriéndome a otras ideas, no prejuzgando a los demás, recordándome que mi punto de vista no es el único y que, a veces, ser flexible es bueno. No digo que sea fácil, porque no lo es, pero como cualquier otro músculo la capacidad de trabajarse se cultiva día a día. «*Yes, you can*», como diría Obama.

### Aprende a trabajarte

Con ambos listados en mano, elabora una tercera lista. Esta vez, tienes que hacer un ránking de las virtudes y los defectos, colocándolos de mejor a peor según tu criterio. En esta parte del ejercicio no te recomiendo que hables con nadie, ya que se trata de que hagas un poco de introspección. En el apartado de «virtudes» coloca más arriba las que están más desarrolladas y más abajo las menos explotadas. Haz lo mismo con los defectos, pero, esta vez, coloca arriba los que menos te gustan y abajo aquellos a los que das menor importancia.

| VIRTUDES | DEFECTOS |
|---|---|
| 1. | 1. |
| 2. | 2. |
| 3. | 3. |
| 4. | 4. |
| 5. | 5. |

¿Lo tienes? Esta lista podría ser tu chuleta. La parte de abajo de tu lista de «virtudes» se corresponde con aquello que tienes que explotar más y la parte de arriba de tu lista de «debilidades», con aquello que requiere de tu atención para mejorar. Para empezar a trabajar en ello, analiza cada uno de los elementos desde estas tres perspectivas:

- **Conciencia del comportamiento**. Cuándo tienes ese comportamiento y por qué, cuáles son más impulsivos, cuáles más meditados y cómo hacen sentir esos comportamientos a los que te rodean.
- **Cuál es mi objetivo con cada uno de ellos**. Mejorar a nivel familiar, laboral, en mis relaciones...
- **Cómo voy a desarrollarlo o mejorarlo**. Cómo creo que me van a ayudar estos cambios y por qué, qué referentes tengo que tengan un rasgo de su personalidad que envidio y qué puedo hacer para parecerme a ellos, por qué les envidio, etc.

Una de las razones por las cuales puede resultar difícil hacer este ejercicio es porque nos exige ser capaces de aceptar cosas que no queremos aceptar, sobre todo en lo que se refiere a nuestras sombras. Cuando hablamos de los rasgos positivos de nuestra personalidad, con nosotros o con los demás, todo es jauja. Ahora, cuando se trata de hacer autocrítica... OJO.

Hablando de sombras, déjame que te cuenta una teoría muy interesante de Carl Gustav Jung. Según el psicólogo suizo, la sombra es la parte de nuestra psique que contiene los aspectos de nosotros mismos que negamos, reprimimos o ignoramos. Estos pueden incluir pensamientos, sentimientos o impulsos que consideramos vergonzosos o poco deseables, como los celos, la avaricia, la cobardía, la agresividad… Jung argumentaba que desde la infancia, a través de la familia y las propias experiencias vamos definiendo las conductas adecuadas y las inadecuadas. Todo lo que metemos en este segundo cajón se convierte en sombra. Es decir, la sombra surge como resultado del proceso de socialización y adaptación a las normas y expectativas de la sociedad. Como hemos apartado todo «lo malo» de nosotros, la única forma de acceder a la sombra es a través de las acciones de los demás. Es decir, solo podremos reparar en ella fuera de nosotros mismos, proyectándola en otros. ¿Y cómo podemos saber cuál es nuestra sombra? Ahí te van unos trucos:

- Si alguien te provoca una reacción emocional exagerada en su contra, es muy probable que proyectes su sombra en ella. Es decir, puede que le atribuyas sentimientos o reacciones que en realidad te pertenecen a ti.
- Si criticas o juzgas mucho alguna característica de otros, es probable que tú también la poseas.
- ¿Algo te afecta sin motivo aparente? Ay, que has removido algo de mierda y no lo sabes…
- En definitiva, hay aspectos que en los demás no soportamos y que pueden formar parte de nosotros. Jung afirmaba: «Lo que niegas te somete, lo que aceptas te transforma».

# TRABAJA TUS DONES, LA ANTESALA DEL PROPÓSITO

Según Mel Robbins, una conocida conferenciante americana y autora de varios *bestsellers*, eres uno entre 400 trillones. La probabilidad de que hayas nacido el día que naciste, a la hora que naciste, en la familia que naciste y con tu estructura genética es, nada más y nada menos, de uno entre 400 trillones. Hola, qué tal. ¿Cuántas coincidencias de factores tienen que haberse dado para que hoy estés aquí? Es fuerte. Tú, yo, y todos los humanos poseemos una combinación de circunstancias y características que nos hacen especiales y diferentes al resto. Somos únicos.

Según la Real Academia Española *único* significa «solo y sin otro de su especie». Si busco sinónimos me salen palabras como irrepetible, singular, excelente, magnífico, extraordinario o inmejorable. Lo curioso es que, si busco antónimos, encuentro normal, común, ordinario, corriente... vamos, lo que nos enseñan a ser. Vivimos en una sociedad en la que, a menudo, lo que no destaca por ser ni demasiado bueno ni demasiado malo es lo que mejor funciona y lo que se aplaude. Es decir, se valora la uniformidad, el no dar la nota, el conformismo... y no se fomenta la creatividad o la individualidad. Resulta irónico que si somos quien realmente somos y, por ende, seguimos el camino que consideramos apropiado se puede pensar que vamos «a contracorriente».

Salir del rebaño y trazar tu propio camino no es fácil, pero es la única opción si quieres sentirte realizado. ¡Recuerda que eres uno entre 400 trillones! **Decidir ser tú mismo es sinónimo de apostar por tus dones**, por tus habilidades o talentos innatos, que forman parte de ti y de los que no te puedes deshacer.

Los dones son características que nos hacen diferentes, los unos de los otros, y que nunca deberían jugar en nuestra contra. Se trata de aquellas cosas que disfrutamos haciendo y con las que se nos pasa el tiempo volando. No obstante, como a menudo nos cuesta valorar nuestra singularidad, subestimamos nuestros dones. Es decir, lo que para otros sería un don, para nosotros no lo es... Toda la vida me han dicho «uy, qué graciosa», pero si me dijeran que parte de mi trabajo iba a ser hacer reír a los demás jamás lo hubiera dicho, subestimé mi don. Pero qué le vamos a hacer si lo de valorar nuestros dones lo llevamos regulinchi. Ojo con esto, porque es el tipo de pensamiento que provoca que la mayoría de nosotros crea que no tiene ningún don. ¡¡Error!!

Tener buen oído para la música, gusto estético, una imaginación desbordante, facilidad para el deporte, habilidad para las lenguas, inteligencia matemática o científica, capacidad de liderazgo o empatía son algunos ejemplos de dones que pasan desapercibidos. Esto ocurre, en gran medida, porque quienes los poseen creen que no han supuesto ningún esfuerzo. ¿Cuántas veces, cuando nos dedican algún piropo por algo que hemos hecho, respondemos con un «¿Esto?? ¡Qué va, esto no ha sido nada!»? Vengo a decirte que te estás engañando, porque un don casi siempre ha costado trabajo. Cuando alguien dice «Qué mona va esta chica siempre, qué suerte lo bien que combina la ropa», pienso: «No amiga, no es solo suerte, es suerte trabajada». Seguro que lleva décadas mirando revistas de moda, siguiendo a diseñadores y marcas y guardándose *looks* inspiradores en Pinterest. Que sí, que es probable que ya de base tenga una sensibilidad para la estética y la combinación de colores y texturas, pero no me vengas a decir que no la ha trabajado. No ha decidido combinar este *blazer* con estos *sneakers* por inspiración divina, sino por las horas y horas y horas que ha dedicado a cultivar su lado más *fashion*. ¿Ves por dónde voy? De la misma manera, si yo no hubiera aceptado mi don y trabajado en él probablemente hoy no podría dedicarme a ello. Por tanto, es importante que entiendas que lo de los dones es una mezcla entre nuestro potencial innato y una dedicación voluntaria y constante.

Cuando un don se trabaja es cuando más alineados estamos con lo que somos y con lo que queremos ser. Séneca decía que cuanto más preparado está alguien, más cosas le suceden porque **la suerte no es más que PREPARACIÓN + OPORTUNIDAD.** De la misma manera que para recoger los frutos de un huerto primero hay que labrar el terreno y crear las circunstancias propicias para que estos crezcan, en la vida tendremos que hacer algo más que sentarnos a esperar que la tierra dé frutos. El azar reparte sus cartas (¡y sus dones!), pero tú decides la estrategia con la que las juegas, y el éxito reside en insistir. Si Thomas Edison no hubiera continuado sus experimentos tras quemar el primer filamento, no tendríamos la luz que ahora nos ilumina. Esta frase tan chuli no es mía, la apunté escuchando un pódcast, y aunque me hubiera encantado fingir que soy tremendamente culta, me temo que no va a ser así... Bueno, ya veremos. #bestseller #escritoradeexito. Recomienda este libro a diez personas o... ¿No acabamos de decir que se trata de insistir?

En definitiva, si quieres tener suerte no basta con desearlo mucho y muy fuerte, tienes que ir a por ella. ¿Cómo? Trabajando tus dones, sin dejar de ser consciente de las propias limitaciones, pero confiando en las facultades únicas e intransferibles que tienes. Un don, si se desarrolla, puede convertirse en una carrera profesional o en una afición que te aporte felicidad de por vida, por eso es tan importante que descubras cuál es el tuyo.

### Descubre tus dones

Este ejercicio es similar al que hemos hecho anteriormente, pero se centra en encontrar tus dones. Para empezar, elabora una lista con las cosas que crees que se te dan bien de forma natural. ¡Es importante que pongas ejemplos!

| | **Ejemplos** |
|---|---|
| **Don número 1:** | |
| **Don número 2:** | |
| **Don número 3:** | |

Después, repite la misma pregunta a las personas de tu alrededor (amigos, familia, compañeros de trabajo…). ¿Qué creen que se te da genuinamente bien?

| | **Ejemplos** |
|---|---|
| **Don número 1:** | |
| **Don número 2:** | |
| **Don número 3:** | |

Cuando tengas las dos listas, léelas con atención y decide cuáles son tus mejores dones. Para identificarlos, fíjate en:

- Qué dones se repiten en ambas listas.
- Qué dones tienen más ejemplos.
- Con qué dones vibras más, es decir, cuáles te ilusionan o divierten más.

Tiene que quedarte un listado definitivo similar a este:

| **Dones** |
| --- |
| 1. Tengo dotes comunicativas y puedo hablar en público con mucha soltura.<br><br>- Presentaciones en el colegio, instituto, universidad y trabajo.<br>- Charlas motivacionales.<br>- Trabajo actual.<br><br>2. Soy muy sociable y hago amigos con facilidad.<br><br>- Tengo varios grupos de amigos.<br>- Cuando me presentan a alguien nuevo me encanta conocer más sobre su vida.<br>- Mis trabajos siempre han sido de cara al público, como relaciones públicas o llevando grandes cuentas.<br><br>3. Etc. |

Autoexaminarse es un proceso individual constante. El hecho de desarrollar tus dones no implica que tengas que dedicarte única y exclusivamente a ellos de forma profesional. *No pressure.* ¡Hay mil opciones sobre la mesa y tendrás que ver cuál te interesa más y por qué! Tal vez tienes un trabajo que te reporta buenos ingresos y que, aunque no te apasiona, tampoco detestas ni te quita muchas horas. En este caso, tal vez tenga más sentido explotar tus dones como un *hobby* o como una posible fuente de ingresos muy secundaria. Y quién sabe, quizás poco a poco esta segunda fuente de ingresos va ganando peso y en algún momento te puedas plantear que sea la principal. O tal vez ya te está bien así, y tampoco pasa nada. En este sentido, es importante aclarar que podemos pivotar entre estas opciones a lo largo de nuestra vida, ya que lo que ahora es una afición puede acabar siendo una segunda fuente de ingresos o la principal; y de la misma manera podemos ir de «más a menos» si es eso lo que nos hace más felices. Lo importante es no perder la ilusión.

# ENCUENTRA TU PROPÓSITO, LO QUE TE HACE VIBRAR

Independientemente de que hagas un magnífico ejercicio introspectivo sobre tu personalidad y tus dones, encontrar tu propósito no es fácil. Tú creías que te ibas a encontrar un libro rollo «Cómo cumplir tus sueños, sin hacer nada, en 10 sencillos pasos: 1. Enciende la tele; 2. Come galletas; 3. Bebe vino». No es el caso, y siento comunicarte que no se admiten devoluciones.

Uno de los principales escollos a la hora de encontrar el propósito es que se tiende a confundir con la pasión. Son conceptos relacionados pero muy diferentes entre sí. El propósito es un objetivo alineado con los valores y dones intrínsecos de cada uno, capaz de tener un impacto significativo y duradero en los demás. La pasión, en cambio, es una conexión emocional con una actividad que produce disfrute y que puede avivarse o apagarse con el tiempo; y que no necesariamente guarda relación con nuestros dones.

En mi caso, se podría decir que mi propósito es comunicar y entretener, ya que de manera innata tengo sentido del humor y dotes comunicativas (que, además, he cultivado). En cambio, una de mis pasiones es la lectura que, aunque no tiene nada que ver con mis dones, me fascina, y por eso disfruto mucho leyendo, ya que es algo que me hace desconectar y me teletransporta a otros mundos.

Mel Robbins, que tiene más razón que un santo, afirma que la pasión es para ti. Es ese algo que te llena de energía y de felicidad. En cambio, tu propósito es algo que tú le das al mundo, es tu forma única de hacer las cosas que inspiran a los demás, es la huella que vas a dejar.

### Encuentra tu propósito

Antes de ponerte con este ejercicio, es primordial que hayas hecho el anterior para descubrir tus dones. Vuelve a él si te lo has saltado, ¡que te he pillado! Ahora, hazte las siguientes preguntas:

- ¿Qué es lo que te hace feliz, te ilusiona y te aporta energía?

- ¿Hay algo que te guste tanto que te haga perder la noción del tiempo?

- ¿Qué harías aunque no te pagaran por ello?

- ¿Qué harías si solo te quedaran unos días de vida?

- ¿A qué te dedicarías si el dinero y el tiempo no fueran un problema?

Tal vez también te ayude hacerte estas mismas preguntas en negativo, para ver por dónde no debes ir:

- ¿Qué es lo que te hace infeliz, te desilusiona y te quita energía?

- ¿Qué no te gusta hacer, qué hace que el tiempo pase lentamente?

- ¿Qué cosa harías cobrando mucho dinero, aunque no encaje con tus valores?

- ¿Lo que haces ahora lo harías el resto de tus días?

Una vez tengas las respuestas, lo ideal es que te pongas en modo equipo de investigación para encontrar qué trabajos o actividades existen que se alineen con todo lo que has descubierto hasta ahora: rasgos de personalidad, dones, pasiones y propósito. Es probable que, de entrada, salgan varias actividades que te encajen y que te vengas arriba... Mi recomendación es que evites romantizar. ¿Cómo? Preguntando a los expertos, es decir, a las personas que realizan la actividad de forma recurrente o que se dedican a ello. Es la manera de eliminar falsos mitos y expectativas irreales, y de entender en qué consiste exactamente eso que, *a priori*, te parece que encaja con tus dones y propósito. Por ejemplo, si te planteas un cambio de profesión, es clave que obtengas información de primera mano sobre cuáles son las tareas que deberías llevar a cabo, cuáles son las posibilidades de crecimiento, cómo es el ambiente laboral, cuáles son los puntos positivos, cuáles los puntos negativos, etc. Escúchame, no es oro todo lo que reluce.

Eso mismo es lo que hice en un momento en el que me vi sin trabajo. Como me apasiona el mundo de las charlas motivacionales pensé que quizás podría trabajar en una empresa que representaba a ponentes de todas las nacionalidades. Me senté con profesionales del sector y me di cuenta de que el día a día no iba a ser como yo creía, que no era mi propósito de vida y que prefería que siguiera siendo una afición. Resulta que en lugar de tratar a diario con mis *coaches* de cabecera (mi sueño), mi trabajo consistiría sobre todo en negociar honorarios y mejores condiciones para sus conferencias y cursos… lo cual está muy bien, pero no estaba hecho para mí. Para tomar esta decisión, necesité investigar a fondo cómo era el trabajo. Me ayudó esta *checklist* (yo no hice ningún *check,* así que era obvio que no tenía que coger el trabajo):

- **Te interesa saber más sobre el tema**. Aunque no deje de ser formación porque obtienes nuevos conocimientos, te entretiene y te resulta un pasatiempo.
- **Te sientes realizado**. Le encuentras significado a lo que haces porque de alguna manera tiene un efecto positivo en los demás.

- **Encuentras motivación intrínseca**. Sientes una mayor satisfacción y gratificación, por lo que de manera natural estás motivado e ilusionado.
- **El tiempo vuela**. Las horas pasan como si fuesen minutos y eres capaz de concentrarte en lo que haces durante mucho más tiempo.
- **Podrías hacerlo gratis**. Ya que disfrutas tanto haciéndolo, probablemente lo harías gratis.

Con el tiempo, he comprobado que tener claro el propósito te ayuda a tomar decisiones informadas que se alinean con tus valores y metas a largo plazo, lo cual aporta un cierto sentido de dirección. ¿No es eso lo que todos necesitamos? ¿Dejar de estar perdidos?

Confirmo que si le das espacio a tus dones y los refuerzas, el tiempo se pasará volando, las cosas saldrán mejor y sentirás que has encontrado tu propósito. Y encontrar tu propósito le dará sentido a tu vida, porque **no hay nada más satisfactorio que dedicarle tiempo a aquello que te apasiona**. Por supuesto cada uno podrá dedicarle el tiempo que pueda y considere, lo importante aquí es poner a trabajar los dones, sea como sea, porque son los que te harán encontrar el propósito. Aquí van algunas ideas sobre qué hacer con tus dones:

- **Dedicarles tiempo a modo de *hobby***. Puedes dedicarles tiempo y cultivarlos, y puede que incluso decidas invertir dinero en recibir clases sobre la materia. Imagínate que se te da muy bien pintar de forma natural pero que nunca has recibido formación; quizás te interese asistir a clases para mejorar poco a poco e ir definiendo qué tipo de técnica te gusta más y se te da mejor.

- **Convertirlos en tu segunda fuente de ingresos**. Sin que sea incompatible con lo anterior y sin dejar de lado tu principal fuente de ingresos, puedes atreverte a comenzar a vender aquello que se te da bien hacer, tanto si es un producto como si es un servicio. Si seguimos con el ejemplo anterior, el producto podría ser un cuadro o una escultura y, el servicio, dar clases sobre la técnica de pintura que mejor dominas.
- **Convertirlos en tu principal fuente de ingresos**. Tanto si quieres hacerlo de primeras (que personalmente no lo recomiendo) como si no, el fin último puede ser hacer de tu don tu profesión. Para ello, antes de tomar la decisión deberías estudiar qué salidas profesionales tiene aquello que te apasiona y, sobre todo, sentarte con alguien que se dedique a lo mismo y hacer la *checklist* que te acabo de mostrar. ¡No te la saltes porque de ilusiones no siempre se vive…!

**¡Extra, extra!**

Si te ha molado todo esto que te he contado sobre el propósito vital, te presento el *ikigai*. Se trata de un concepto japonés que se refiere a la razón de ser, al motivo por el cual uno encuentra significado y satisfacción en la vida. Según esta filosofía, el *ikigai* es una combinación de diferentes elementos:

- **Tu pasión**. Aquello que amas hacer y que te hace sentir vivo.
- **Tu vocación**. Lo que eres bueno haciendo gracias a tus habilidades y talentos. Son cosas en las que destacas y que te resultan fáciles de hacer. Son tus dones.
- **Tu misión**. Aquello que satisface las necesidades del resto gracias a tus habilidades y pasiones. Es tu contribución al mundo.
- **Tu profesión**. Aquello por lo que puedes recibir una compensación económica.

El *ikigai* se encuentra en el cruce de estas cuatro áreas, y cuando alguien lo descubre experimenta un sentido profundo de propósito y satisfacción en su vida. ¿Sabes que en la isla japonesa de Okinawa es donde habitan las personas más longevas? El investigador y escritor Dan Buettner afirma que, entre otros motivos, es porque tienen una razón para levantarse cada mañana, han encontrado su *ikigai*. A diferencia de otras partes del mundo, las personas mayores de esta isla siguen centrados en aportar valor a la sociedad e invierten su tiempo en contribuir en el bienestar de los demás. Así que ya sabes, llegar a los cien años es otro motivo más para poner en marcha tus dones y encontrar tu propósito.

Aunque tal vez te lo he pintado como algo fácil, sé de primera mano que encontrar el propósito es una tarea compleja. Hay que asumir que el autoconocimiento es un proceso, una carrera de fondo, un proyecto a largo plazo casi de por vida. Evolucionarás, irás cambiando... tendrás que hacer los ejercicios anteriormente mencionados cada cierto tiempo. Por eso, es clave que aprendas a ser paciente y autocompasivo contigo mismo. ¡Créeme que valdrá la pena! Palabrita de Briten.

**El valiente no es aquel que nunca tiene miedo, sino el que, a pesar de tenerlo, actúa.**

Lo que **amas**
Pasión
Misión
En lo que **eres bueno**
**Ikigai**
Lo que **necesita** el mundo
Profesión
Vocación
Por lo que te pueden **pagar**

Ahora haz la prueba: intenta rellenar este diagrama con aquello que, a día de hoy, crees que puede conformar tu *ikigai*.

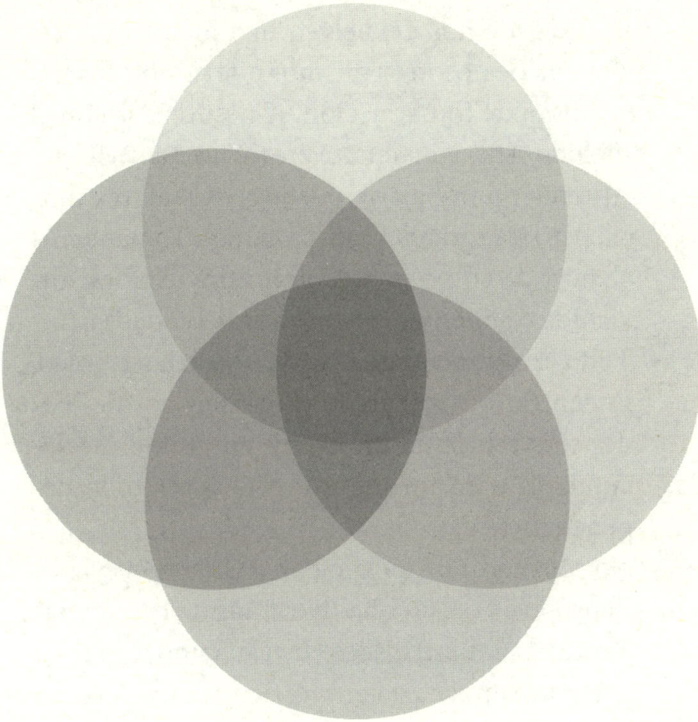

## CHULETA

- El autoconocimiento es básico si quieres lograr tus metas.
- Las creencias limitantes pueden ser muy dañinas, ya que nos devuelven una imagen distorsionada de nosotros mismos que nos incapacita a la hora de tomar acción. ¡Cuestiónalas con el método ABC e invéntate creencias nuevas!
- Aprender a trabajarte puede ser una tarea difícil, pero trae grandes satisfacciones. Tomar consciencia de cómo eres te permitirá explotar tus virtudes e intentar mejorar tus debilidades.
- Todo el mundo tiene un don que lo hace único. Encontrarlo y trabajarlo es apostar por ti. Puedes convertirlo en un *hobby*, en un ingreso secundario o en un ingreso principal, ¡todo depende de ti!
- No confundir propósito con pasión y viceversa. El propósito es un objetivo alineado con los valores y dones intrínsecos de cada uno, capaz de tener un impacto significativo y duradero en los demás. La pasión, en cambio, es una conexión emocional con una actividad que produce disfrute y que puede avivarse o apagarse con el tiempo; y que no necesariamente guarda relación con nuestros dones.

# SEGUNDA PARTE
# CONSIGUE LO QUE QUIERES. DEFINE TU SUEÑO

> Saber qué hacer y no hacerlo, es lo mismo que no saber qué hacer.
>
> ROBIN SHARMA

# «QUIERO SER LA ELLEN DEGENERES ESPAÑOLA»

Me sentía perdida. Corría el año 2019 y empecé a trabajar en una de las productoras audiovisuales más importantes del país. Según yo, claro, aunque según el mundillo, también. Tras una docena de empleos y veintinueve años a mis espaldas, llegué a un trabajo nuevo en el que, para variar, no me sentía realizada. Una vez más, algo dentro de mí me pedía encontrar mi sitio, que, por supuesto, no era ese. Recuerdo pensar: «¿Otra vez esta sensación? ¿Cuándo me conformaré? Qué pesada eres, Ana».

Tú llegas a un trabajo nuevo con todas tus ganas, con toda tu ilusión —muchas veces porque no tienes otra opción—, y te autoconvences de que este SÍ va a ser el trabajo de tu vida. Que tú lo vales, que está hecho para ti, que aquí se puede «hacer carrera», que tu compañero con olor a muerto no huele tan mal y que comer de táper todos los días no es tan deprimente. Si te has sentido identificado, tienes derecho a una tableta de chocolate. *I feel you.*

Pero, al final, seamos honestos: todos tendemos a idealizar una oportunidad laboral. Nos autoengañamos pensando que, aunque no sepamos mucho, o nada, del trabajo en sí, aunque no se nos dé bien al principio —ni durante, ojo—, podemos llegar a aprender de él, del sector, de la gente con la que trabajamos e ir promocionando poco a poco. Ay, pobres... Te estás dando cuenta de que tengo razón. Uno siente que de alguna manera puede llegar a aplicar sus aptitudes y conocimientos, todo lo estudiado, para luego aprender cosas nuevas que le enriquezcan y le hagan crecer personal y profesionalmente. Pero todo eso no sucede. «Pero qué razón tiene la Briten», estás pensando. Normal. Poco se habla de mi sabiduría.

Eso fue lo que me pasó a mí. Entré en una de las mejores productoras pensando que era «el sitio definitivo». Mi puesto se desarrollaba en un área poco conocida: la distribución. Oh, distribución. ¡Qué bien suena! Eeeeeerror. Para que no haya malentendidos, te voy a contar el mejor resumen que jamás se ha hecho sobre lo que implica trabajar en esta área. Y pido perdón de antemano a los másteres que enseñan esta profesión; lo que vosotros contáis en varios años, yo lo voy a contar en cinco minutos. Y mal, por supuesto, que aquí hemos venido a jugar.

Los *dealers* de la distribución se encargan de vender formatos audiovisuales (series, películas, documentales y programas de televisión) a diferentes tipos de plataformas, que pueden ser privadas (por ejemplo, Mediaset), públicas (TVE), de pago (Movistar) o de *streaming* (Netflix). Se venden a nivel nacional e internacional por fechas, idioma, tipo de formato de vídeo y audio, con o sin subtítulos… Vamos, un lío. Pero un lío fuerte. Os pongo un ejemplo. *La vida de Briten* es un documental producido en 2045. Como Briten es una estrella internacional, una cadena privada de Francia compra los derechos del documental doblado en francés para emitirse de enero a febrero de 2046. Durante ese período, esos derechos, y solo esos, se bloquean, por lo que ninguna otra cadena francesa puede emitir mi documental doblado al francés en esas fechas. ¿Pero qué ocurre si otra cadena pública quiere emitir mi documental, también en enero, sin doblaje, pero con subtítulos en francés? Que les puedo ceder los derechos sin problema, porque esos no están bloqueados. Te acaba de estallar la cabeza, lo sé. Esto es más enrevesado que *Juego de tronos*.

Ninguna productora sobrevive vendiendo solo contenido propio, por lo que, generalmente, también se venden derechos de terceros. Más de doscientos títulos en nuestro caso… Y yo con déficit de atención (sí, he llegado hasta aquí con un déficit de atención galopante, increíble). ¡Bestial mi fichaje! Está claro que me cogieron para desgravar.

Y lo peor no era eso, porque al menos teníamos un *software* que nos chivaba qué derechos podíamos vender y cuáles no, sino que cada cliente te pedía necesidades técnicas diferentes. «Yo quiero el documental de Briten en formato de vídeo AVI, con las pistas de doblaje al chino, en formato de audio ALAC y los subtítulos en mandarín con las letras negras, que no blancas, por favor.» Bueno, pues yo quiero conocer a Thor y aquí estamos.

Para colmo, toda esta información tenía que aparecer en un contrato que yo debía revisar, pero que nunca entendía porque estaba escrito en arameo antiguo. O, lo que para mí es lo mismo, en idioma legal. Anexo dice. Anexo tú. A-ne-xo tú. Sin haber estudiado Derecho o distribución audiovisual, y con todas mis carencias a la hora de retener información —imaginaos a mi jefe: «Perdona, ¿tú eras…?»—, la empresa corría grandes riesgos al tenerme al frente del gran pastel de la distribución. Pido perdón y un minuto de silencio por toda esa gente que por mi culpa ha sufrido estrés laboral. Bueno, perdón tampoco, que yo no haría bien mi trabajo, pero no llega a ser por mí y eso hubiese sido un funeral. Eso lo sabes tú y lo sé yo.

Yo era un desastre en ese trabajo, igual que en todos los trabajos anteriores. Sí, lo digo… ¡VALIENTE! (aplausos del público). Pero con el tiempo he aprendido que era porque no me interesaban lo más mínimo, no los disfrutaba y eso me hacía ser peor profesional. Insisto. Cláusula tú. Cláu-su-la tú. Yo había estudiado Publicidad y Relaciones Públicas con Marketing digital, por lo que, siempre y cuando me pagaran, me valía cualquier cosa dentro del sector de la comunicación. En cliente, en agencia, en productora audiovisual, en producción de eventos… No le hacía ascos a nada. Solo quería ganar unas perrillas y probar un poco de todo, para ver dónde me veía y dónde no.

Y, cosas de la vida, fue precisamente en ese trabajo donde aprendí qué eran los formatos de entretenimiento, sobre todo los digitales, que estaban a punto de estallar. Crear este tipo de formatos consiste en llevar a cabo ideas para que la gente se entretenga, se lo pase bien y se ría. O sea, yo. «He encontrado mi sitio», pensé.

Ahí estaba, por fin, esa sensación que tanto anhelaba. De repente, quería aprenderlo todo sobre desarrollo de formatos, y lo quería aprender para ayer. La paciencia nunca ha sido mi fuerte. *So what?* Me convertí en la lapa del director de entretenimiento para entender bien el sector, las salidas que tenía, cómo funcionaba, qué pasos tenía que seguir para dedicarme a ello… Ser pesada está infravalorado, y no es que fuera pesada… ¡Es que no le dejaba respirar! Y eso que yo estaba en otro departamento.

Para que te hagas una idea de lo intensa que era con él —pobrecito, entiendo que no tuviera pelo—, un día, que estábamos comentando en el trabajo un documental sobre el veganismo, nos dijo que su familia y él eran veganos, a lo que yo contesté: «¡Yo también quiero ser vegana!». Claro que sí. Pesada y mentirosa. Dos horas después, ya estaba probando la cecina de León que alguien había traído a la oficina. Entre nosotros, es muy difícil ser vegana. No era nada personal. Y así con todo, porque mi objetivo era ser su sombra. ¿A toda costa? Siempre.

El caso es que no me conformaba con aprender a base de interrogatorios —ríete tú del CNI—, ni con tirar fichas para trabajar a su lado aunque fuese gratis. Así que un día, como quien pide un café, le solté: «A ver, quiero tener un *show*. **Quiero ser la Ellen DeGeneres española**. ¿Qué tengo que hacer?». Imagínate la cara del *boss* cuando vine con mi ida de olla de la semana.

Intentó explicarme que no era tan fácil y me contó qué era exactamente lo que tenía que hacer:

1. Crear un perfil profesional de *show woman* en redes sociales.
2. Hacer contenido que fuese mi portfolio de cara a que las productoras y medios de comunicación vieran cómo me comunicaba, cuál era mi estilo, qué contenidos proponía, etc.
3. Tener seguidores porque a día de hoy el talento es secundario, pero la audiencia... OJO. ¿Por qué crees que muchos personajes del entorno digital saltan a los medios de comunicación tradicionales? Porque la audiencia está entre los noventa años y la muerte y necesitan, como sea, atraer audiencia más joven. Triste, pero real.

Puf, qué pereza, pensé. ¿Pero *why not*? Cambié mi perfil de Instagram de @abriten a @elshowdebriten. Hasta entonces solo publicaba contenido personal. Es cierto que, años antes, había empezado a hacer entrevistas en mi perfil («Las entrevistas de Briten») como *hobby* y sin ninguna pretensión. De hecho, todavía están disponibles, por si te apetece verlas. En la época en la que hice estas entrevistas ya trabajaba en el mundo audiovisual, y creo que empezaba a coquetear con la idea del *show*, aunque no era consciente de ello. Además de cambiarme el nombre del perfil, seguí los consejos del *boss, mi guía espiritual,* el sabio vegano, y me creé un canal de YouTube para subir vídeos. Los grabábamos con el móvil en la oficina y me los editaba mi compi, porque yo ni siquiera sabía editar. Podríamos decir que estos fueron los comienzos de *El Show de Briten*. ¡Quién me ha visto y quién me ve!

Cada vez que me iba de la oficina me invadía la sensación de que mis días ahí estaban contados. Al poco tiempo, hablé con mis jefes para cambiarme del área de Distribución a la de Entretenimiento, alegando que yo tenía unas virtudes más apropiadas para ese departamento. También pequé de sincera, como siempre, y les comenté que no era justo que estuviera haciendo un trabajo para el que seguramente había una persona más adecuada, con más preparación y más ganas. Otra cosa que está sobrevalorada: la sinceridad. Resultó que esa opción no era posible, así que, sin pensarlo mucho, presenté mi dimisión. Ella, valiente. O inconsciente, según por donde se mire.

A pesar de todo estaba tranquila porque mi voz interior me decía que había llegado al límite en cuanto a trabajar en entornos donde no se explotaban al máximo mis capacidades y donde realizaba funciones y tareas que no me interesaban lo más mínimo. Se acabó el ir dando tumbos por la vida, porque por fin sabía hacia dónde tenía que dirigir mi carrera profesional. A un paso de cumplir los treinta, necesitaba salir de esa espiral que me limitaba tanto personal como profesionalmente. Confucio dijo: «Elige un trabajo que te guste y no tendrás que trabajar ni un día de tu vida». Me di cuenta de que el cabrón tenía razón pese a llamarse Confucio. No te puedes llamar Confucio.

Esto fue en enero de 2020 y, como me llevaba genial con los dueños de la productora, nos dimos seis meses para que pudiera buscar otra cosa fuera de la empresa y ellos pudieran encontrar a alguien para sustituirme. Mi intención en ese momento era buscar un trabajo en entretenimiento para seguir aprendiendo sobre formatos audiovisuales, ya fuera en una agencia, en un medio de comunicación o en una productora. Es decir, en ningún momento estaba dejando mi trabajo para emprender *El Show de Briten*. Este dato es importante porque dos semanas después de esa conversación llegó el COVID. Vaya por Dios. No me esperaba yo una pandemia. Ya tenía fecha de salida y no podía fingir que ese era el trabajo de mi vida, sobre todo después de mi grandilocuente ataque de sinceridad... Había fulminado cualquier posibilidad de quedarme. Lo que te decía, la sinceridad está sobrevalorada.

Así que me planté en junio como muchísima gente: en paro. La cosa no pintaba nada bien. La economía se paralizó y, con ella, los procesos de selección. Con todos los ERTE que estaban aplicando, ¿cómo iba a encontrar trabajo? No me lo podía creer: en paro, empezando la treintena y con ocho kilos de más para hacerlo más divertido. «Asúmelo, muchacha. No tienes trabajo, estás cada vez más cerca de la muerte y no te caben los pantalones. Excelente.» «*No fear*», pensé mientras llenaba de lágrimas mi almohada y tiraba por la ventana mi taza de Mr. Wonderful.

Fue entonces, que no tenía nada que perder, cuando por primera vez en mi vida decidí seguir mi instinto. Pensé: «¿En qué me hace ilusión trabajar? ¿Cómo me quiero sentir en ese trabajo? ¿A qué me quiero dedicar?». Me hice muchas preguntas que nunca me había hecho, o peor, que nunca había permitido hacerme. Y llegué a una conclusión: «Voy a tener un *show*». Sí, lo mismo que le había dicho al sabio de Entretenimiento, pero en lugar de «quiero» esta vez el verbo que usaba era «voy a». Como siempre, la casa por el tejado. Amén, hermana.

Pero vayamos por partes. Lo primero que hice fue repasar todos mis apuntes de desarrollo personal. Para los que no sois Nebliners (fans supremos), aunque no (¿o sí?) lo parezca soy muy mística. Genial, aparte de loca, bruja. ¡Partidazo! A lo largo de mi vida, he utilizado herramientas que muchos quizás vean como prácticas oscuras y de dudosa credibilidad, pero que a mí me han ayudado a conocerme más y mejor. Es importante insistir en que estas herramientas, o «las mierdas de Briten», si lo prefieres, las he aprendido de la mano de diferentes profesionales en distintos momentos de mi vida. Casualidad o no, la mayoría coincide en varios puntos, como qué dones y fortalezas tengo, en qué cosas tengo que trabajar o cuál es mi misión en la vida.

Para que te hagas una idea, me he interesado por el eneagrama de la personalidad, la cábala, la numerología y la carta astral, entre otras muchas prácticas de lo más exóticas. A lo largo de los años, y para paliar mi déficit, lo he ido apuntando todo, de manera que así siempre puedo recurrir a mis apuntes. Es por eso que, cuando me vi en esta situación de «no saber por dónde tirar» y decidí hacerme preguntas existenciales que jamás me había hecho antes, pensé que un buen punto de partida sería repasar todos mis cuadernos, a ver si encontraba las respuestas.

Rebusqué en archivadores, libretas, mails e incluso en discos duros antiguos de mi época adolescente. Encontré un ejercicio que hice en un curso y que consistía en preguntar a cinco personas de mi entorno cuáles eran mis dones. ¿Te acuerdas del ejercicio del capítulo anterior? Todas y cada una de ellas coincidían en las mismas virtudes y fortalezas. A veces, lo que para otros es obvio, para nosotros es invisible. Cuando puse todos mis apuntes y ejercicios en común lo vi claro: la comunicación y el entretenimiento eran el camino.

Te dejo algunos fragmentos de ejercicios que he hecho, para que flipes «una poqueta»:

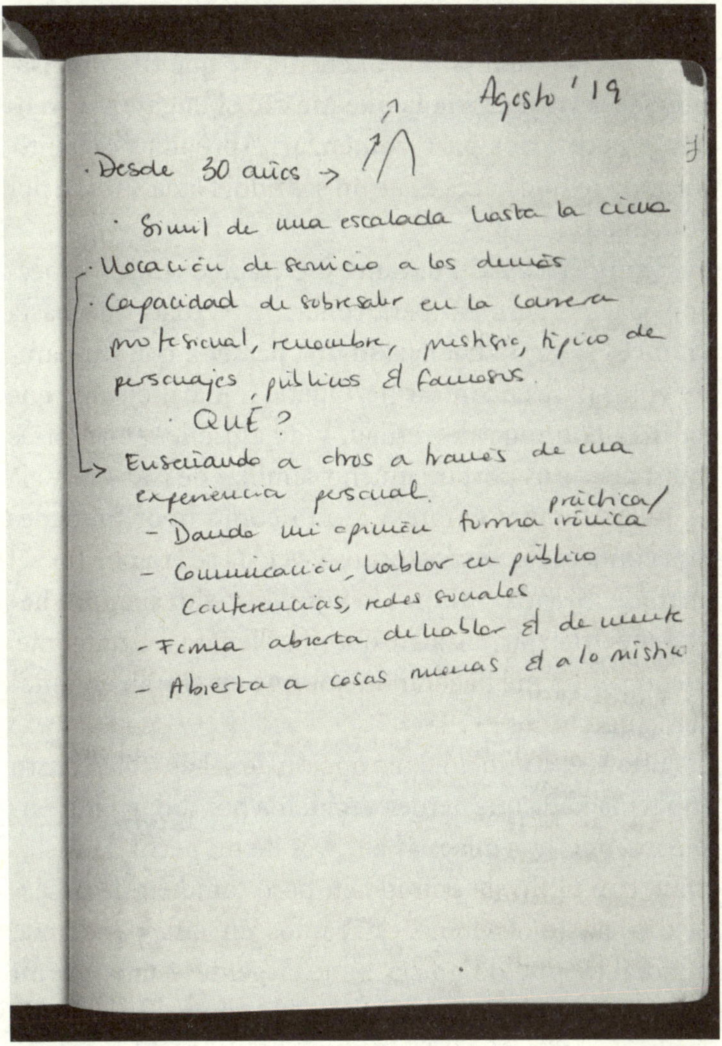
Agosto '19

· Desde 30 años →

· Símil de una escalada hasta la cima

· Vocación de servicio a los demás

· Capacidad de sobresalir en la carrera profesional, renombre, prestigio, típico de personajes, públicos y famosos.

· QUÉ?

→ Enseñando a otros a través de una experiencia personal.

– Dando mi opinión forma práctica/irónica

– Comunicación, hablar en público Conferencias, redes sociales

– Forma abierta de hablar y de mente

– Abierta a cosas nuevas y a lo mismo

Tras realizar todo este análisis y darme cuenta de hacia dónde tenía que dirigirme, sentí rabia por no haberlo sabido ver por mí misma y por haber «tirado a la basura» diez años de trayectoria profesional. No obstante, al poco tiempo me di cuenta de que **fue precisamente esa trayectoria la que me dio el bagaje y aprendizaje necesarios para comenzar**. Aprendí, por tanto, que todo lo que haces tiene un sentido. Nada sucede por casualidad.

También decidí, durante ese trabajo de introspección, darme permiso para soñar. Es verdad que hasta entonces siempre había sido una persona con un hambre voraz para encontrarme. Quería trabajar en algo que encajara conmigo de verdad, y de ahí que, entre otras cosas, no me importara mucho cambiar de trabajo. Veía los saltos de una empresa a otra como oportunidades para conocer nuevos entornos y ver si ese era por fin «el curro de mi vida». Nunca lo era. Mi sueño siempre había sido trabajar en algo que me llenara plenamente. Bueno, y que me pagaran mejor que en el trabajo anterior, como todos.

Esta vez, como no tenía opción de saltar a otro curro y no tenía nada que perder decidí ir a por todas. Comencé contando mis miserias a través de mi perfil de Instagram, con el fin de entretener, pero también de pasármelo bien, ¡ojo! Como estábamos en una pandemia. mundial y, por desgracia, mucha gente estaba en mi misma situación, conecté desde el minuto uno con la audiencia. Mi primer vídeo se llamaba «Despedida, treintañera y hermosa» y, humor aparte, me sirvió para ver que, como yo, había mucha más gente. Mi último día en el mundillo de la distribución fue un viernes y, el lunes siguiente, lancé este primer vídeo. ¡Y resulta que se hizo relativamente viral! Mi entorno pensaba que estaba aburrida y que aquello era algo pasajero hasta que consiguiera trabajo. Me los imagino haciendo *scroll* y diciendo «Ya está la loca esta». Pero la gente empezó a seguirme… **Y así es como empiezan las buenas historias, con un buen cóctel de locura e incertidumbre**. Porque, como dijo Charles Bukowski, «ninguna buena historia comienza con un "estaba yo comiéndome una ensalada"». Desde ese primer vídeo, empecé a hacer monólogos diarios sobre mi día a día. No tenía muy claro hacia dónde iba, pero sabía que algo estaba haciendo bien. No solo mi contenido se viralizaba hasta el punto de tener una media de crecimiento de diez mil seguidores por semana, sino que además por fin me sentía plena, motivada e ilusionada. No recuerdo agobiarme en ningún momento por lo que pensaría la gente de mí. Me había comprometido conmigo misma.

**Mi vida, mis sueños, mis reglas.**
**Empezamos de cero, empezamos fuerte,**
**empezamos ahora.**

Una vez le dije a mi amiga Almu que yo no sueño a lo grande, sino a lo bestia. Seguimos igual… total, es gratis. «Dales un *chance* a tus sueños», me dijo mi cabeza con acento mexicano. Es mejor no preguntarle a mi cabeza por qué pone acentos de otras lenguas. «No pregunten, pendejos.» Decidí que quería vivir de hacer contenido de entretenimiento en redes sociales, con el objetivo último de tener un *show* propio. Es decir, lo que le dije «de broma» al sabio vegano iba muy en serio: quería ser la Ellen DeGeneres española.

No fue fácil dar este salto al vacío, nunca lo es. Pero ya que yo pasé esta experiencia, es de ley que la comparta con todas las personas que quieran luchar por sus sueños, sean los que sean. Tal vez no quieres abrirte un canal de YouTube ni te interesa la comunicación lo más mínimo, pero a lo mejor tienes ganas de formarte en aquello que te gusta y que nunca te has atrevido a probar, a dejar tu trabajo de oficina, a empezar un negocio propio, a cambiarte de sector... O tal vez tus sueños no tengan nada que ver con lo laboral: quizás quieres hacer algo que te apasiona en tu tiempo libre, y te cuesta encontrar momentos que dedicarle. En este capítulo veremos cómo yo creé un plan para mis sueños y cómo puedes crearlo tú. Sean del tipo que sean, grandes o pequeños, porque como siempre digo, **con los sueños no se juega**.

# CREA TU PLAN DE ACCIÓN

El ser humano es amante de la procrastinación, que según la RAE significa «dejar para mañana, posponer, aplazar». No es que seamos amantes de la procrastinación, es que somos *cum laude*. La frase favorita de tu pareja es «lo hago mañana», y lo sabes. Podríamos escribir un libro solo de esta temática, de tu pareja, de la mía y de la de todos.

Como comentaba, una cosa que se me da genial es materializar mis ideas. Ya sea irme de viaje o dominar el mundo, siempre tengo un plan. No lo tengo porque sea una *control freak*, que también, por supuesto (una tara más para mi colección), sino porque la vida nos consume, por lo que, si no tenemos un plan para meter nuestros objetivos dentro de nuestra rutina, estos no se consiguen. Es así de simple. El día tiene 24 horas: ocho las pasamos trabajando, ocho más durmiendo, otras dos o tres comiendo… no tenemos tanto tiempo. Si a eso le sumamos que, muchas veces, estamos tan agotados de nuestras responsabilidades que lo único que nos apetece es tirarnos en el sofá y ver la tele, o tumbarnos en la cama a hacer *scroll*… pues más difícil todavía. Por no hablar de cuando tienes hijos, Je-sús. Y, aunque dispusieras de todo el tiempo del mundo (como me pasó a mí cuando dejé el trabajo), las horas vuelan. Entre una cosa y otra se te ha pasado el día sin saber cómo. El tiempo se escapa, se escurre y se agota: no te lo digo para que te dé una angustia tremenda ni para que te entre la crisis de los treinta, los cuarenta o los cincuenta; no, te lo digo para que te tomes muy en serio a qué lo dedicas. Y, a mí, la herramienta que más me ha funcionado a la hora de «hacer tiempo» para mis objetivos ha sido trabajar en un plan de acción. Sin esto, no habría abierto mi perfil, Forbes no me habría seleccionado como una de las mejores *influencers* del país, y no habría llegado a tener tantísimos seguidores. Probablemente tampoco habría escrito este libro.

¡Empecemos! ¿Qué significa eso de crear un plan de acción? Pues definir cómo vas a alcanzar tus objetivos, es decir, qué tareas o actividades tendrás que hacer a diario, o de forma semanal, mensual o anual para llegar donde quieres llegar. ¡No te me asustes, que nos conocemos! Aquí cada cual sabe sus posibilidades, pero la gracia es crear un plan para que, con independencia de tus circunstancias y tu momento vital, puedas dar pequeños pasitos e ir cumpliendo tus sueños poco a poco. **No quieras ir demasiado rápido, un plan de acción no es una**

**carrera de Fórmula 1 (tampoco demasiado lento, se trata de que salgas de la línea de partida)**. Pese a considerarme una persona impaciente, también he aprendido que dependiendo de tu vida y de tus obligaciones, algunas veces tardarás más en conseguir lo que quieres y otras menos, pero lo importante es trazar el plan porque, tarde o temprano, si lo sigues, llegarás a la meta. El foco y la ilusión nunca se deben perder.

Hago aquí un breve inciso para que no se me malinterprete. Hay cosas que se escapan de nuestro control y que no dependen de nosotros, por lo que, siento decírtelo, ningún plan de acción (a no ser que sea un plan médico) podrá curar una enfermedad. Milagros a Lourdes. **El éxito está en centrarse en las cosas que dependen en exclusiva de nosotros**. En la vida hay mil circunstancias sobre las que no podrás incidir, así que mi recomendación es que te centres en aquellas en las que sí puedes hacer algo para cambiar.

Dicho esto, ya estás casi listo para empezar a trazar un plan. Pero antes, debes tener dos cosas claras:

1. Tus prioridades a corto, medio y largo plazo.
2. El nivel de compromiso personal que vas a tener con el plan.

Para que tanto tus prioridades como tu compromiso sean realistas, siempre es mejor ir de menos a más, ya que, si no, desistirás al poco tiempo. Cuando yo le dije al sabio vegano que quería ser «la Ellen DeGeneres española», sin ningún portfolio o experiencia, claramente ni estaba siendo realista ni estaba trazando ningún plan. Solo estaba anunciando la meta a la que quería llegar, obviando por completo el camino que tendría que recorrer. No hagas lo que yo hice y, por favor, mantén los pies en la tierra. Por ejemplo, si quieres adquirir el hábito de correr, te resultará más fácil mantenerlo si empiezas corriendo cinco minutos diarios y vas aumentando cinco minutos cada día, que si decides correr una hora seguida el primer día. Asúmelo, no eres Usain Bolt. Lo que quiero decir es: tómatelo con calma. Sin prisa, pero sin pausa.

A medida que vayas adquiriendo el hábito, tendrás que ir adaptándolo a ti y a tus progresos. Por ejemplo, una vez llegues a correr una hora seguida ya podrás ir más rápido, buscar rutas más difíciles, comprar un equipamiento más chuli... Estos pequeños cambios te mantendrán motivada para seguir progresando. El error es querer llegar a todo desde el principio, sin esfuerzo y sin ruta. A todos nos ha pasado que la ilusión nos puede. Eso me pasa siempre. Por ejemplo, empecé a hacer yoga y, ya desde el primer día, me creía «de profesión: yogui». Me compré todos los gadgets, me apunté a clases ilimitadas, me descargué no una, sino dos aplicaciones, me compré libros, empecé a seguir a un montón de profesores en redes sociales... Pues la tontería me duró un mes. Ana, acéptalo, no eres una diosa, eres una maldita mortal. Lo he vuelto a pensar con acento mexicano, ¿qué me pasa? En resumen, que el tiempo me ha enseñado que más vale saber dónde están los límites de cada uno, y hasta qué punto podemos comprometernos con nuestros objetivos. Sí, es menos divertido ir «lento» que cumplir los sueños en un abrir y cerrar de ojos. Requiere más esfuerzo. Nadie dijo que fuera fácil, pero créeme, vale la pena.

### *Establece tus prioridades y tu nivel de compromiso*

Establecer prioridades nos ayuda a poner límites. Todos tenemos muchas cosas en nuestra vida, por lo que debemos saber qué prioridad le damos a nuestro nuevo objetivo y si es a corto, medio o largo plazo. Según el nivel de prioridad que le otorguemos, le daremos más o menos importancia y haremos el sacrificio de sacarlo adelante.

Quizás lo más complicado es definir qué es una prioridad y qué no. Para empezar, si tenemos un plan con objetivos a largo plazo, nuestro deber es siempre dejar tiempo para aquellas tareas que nos llevarán a cumplir estos objetivos diariamente, semanalmente o mensualmente.

Según la importancia que le des a tu objetivo, te sacrificarás más o menos para cumplirlo. O, lo que es lo mismo, en función de tu disposición a sacrificarte por dicho objetivo, establecerás tu nivel de compromiso. Para mí, las prioridades y el nivel de compromiso van de la mano, se retroalimentan. Un ejemplo personal muy gráfico: yo como mucho chocolate y siempre me propongo tomar menos. ¿Lo cumplo? Nunca. «Mañana empiezo», me digo a mí misma todos los días. No es prioritario. En cambio, si me dijeran que debo dejarlo por un problema de salud, dejaría de tomarlo de inmediato. Tendría todo mi compromiso, porque seguir siendo una persona sana dependería de ello.

### Define tus compromisos

Piensa en tu sueño, en tu objetivo, en tu meta. Es decir, reflexiona acerca de aquello que te gustaría conseguir, sea grande o pequeño. Si quieres ponerte con varios objetivos a la vez, repite el mismo ejercicio para cada uno de ellos. Es de vital importancia que seas honesto contigo antes de responder a estas preguntas:

- ¿Para qué y por qué quiero cumplir este objetivo?
- ¿Qué beneficios voy a recibir?
- ¿Cuánta ilusión me hace?
- ¿Voy a ayudar con esto a terceras personas?
- ¿Qué nivel de importancia le doy?
- ¿Para cuándo quiero llevar a cabo este objetivo?

Cuantas más preguntas te hagas, más fácil será para ti determinar tu compromiso y nivel de prioridad en relación a tus objetivos. Sin compromiso y sin orden de prioridades, te adelanto que, con el tiempo, desistirás (como yo con el yoga...). Tampoco pasa nada, no se va a acabar el mundo, pero si te preguntas por qué estás en el mismo punto en el que estabas hace unos años, tendrás que aceptar que la responsabilidad es solo tuya. ¡Ouch! ¿Ha dolido, eh?

Todos nos hemos puesto excusas. Y es normal. Como te decía antes, la realidad es que tenemos poco tiempo y que en nuestro día a día hay un montón de tareas pendientes que tenemos que ir tachando de la lista. Pero, y métete esto en la cabeza, si en esta lista de tareas pendientes no incluyes tu objetivo/sueño/meta, no lo vas a cumplir. ¡Siempre habrá otras cosas más prioritarias! Y esto no puede ser, porque **si lo que te hace ilusión de verdad no forma parte de tu lista de tareas, estás imposibilitando que se cumpla**.

Aquello por lo que estés dispuesto a luchar será donde pondrás el foco. Eso será lo que haga que madrugues, que elijas hacer otra cosa en lugar de un plan más apetecible o divertido. Acuérdate de que solo tú sabes por qué lo haces... y esa es la clave. Que la razón para hacerlo sea tu mantra, porque será lo que te dé fuerzas cuando las cosas se pongan difíciles o cuando no te apetezca. **Recuerda siempre por qué lo haces**. Como dijo Henry Ford: «Tanto si crees que puedes, como si crees que no puedes, estás en lo cierto».

**Eres más fuerte de lo que crees.**

### *Sé listo, sé* S.M.A.R.T.

¿Qué pasa si tenemos compromiso, hemos establecido prioridades y, aun así, no logramos nuestros objetivos? Que probablemente no son *smart*. En el ámbito de la gestión de proyectos, las siglas S.M.A.R.T se usan desde 1981, cuando las popularizó el autor George T. Duran en un artículo que hablaba, precisamente, de cómo establecer mejor los objetivos.

Pues bien, los objetivos S.M.A.R.T son aquellos que cumplen estas cinco características:

- Específicos (*Specific*)
- Medibles (*Measurable*)
- Alcanzables (*Achievable*)
- Realistas (*Realistic*)
- De duración limitada (*Time-bound*)

Por ejemplo, no vale con decir «quiero adelgazar», ya que es una afirmación de lo más ambigua. ¿Cuántos kilos quieres perder? ¿En cuánto tiempo? ¿Cómo lo pretendes hacer? ¿Por qué o con qué fin?

Tu objetivo debe ser muy específico (por ejemplo: «Quiero adelgazar dos kilos»), medible (puedo pesarme y confirmar si he adelgazado o no), alcanzable (haré deporte tres veces por semana y me apoyaré en un nutricionista), realista (dos kilos no es un disparate) y de duración limitada (tres meses). No solo te has propuesto algo, sino que, gracias a este truco, tu objetivo ha pasado de ser algo difuso a algo concreto y, déjame usarlo otra vez, *smart*. Ya has empezado a trazar un plan.

Por ejemplo, yo suelo tener muchas ideas de formatos de vídeos, pero soy consciente de que todas a la vez no las puedo hacer. Sé que parezco *superwoman*, pero, créeme, no lo soy. «Recuerda, pendeja, eres mortal.» Y tú también lo eres. Entonces decido a cuál le doy más prioridad (corto, medio y largo plazo), y cuál es mi nivel de compromiso con cada uno, que en general se determina por el tiempo que me lleve hacer cada formato, qué recursos voy a necesitar (presupuesto en disfraces, si lo hago sola o con mi equipo, si requiere desplazamiento, equipo técnico...), qué beneficios voy a recibir (económicos, de crecimiento, más alcance, mejor posicionamiento...) y cuánto me divierte hacerlo. En mi caso, la diversión a la hora de hacer el contenido es ese «motor» que me da fuerza y que aumenta mi nivel de compromiso. Por lo tanto, casi siempre acabo priorizando aquellos contenidos con los que me lo paso mejor y que me divierten más.

Una vez priorizados los formatos que quiero hacer, creo un plan para cada uno basándome en la estructura S.M.A.R.T. Cada formato funciona como un pequeño objetivo a corto plazo, que me llevarán algún día a tener *El Show de Briten* (a medio plazo), que a su vez me llevará tener el famoso documental en 2045 que se venderá a todo el mundo, incluido el doblaje y la subtitulación al francés, y se distribuirá a todas las cadenas, que es el objetivo a largo plazo. Ahí lo tienes.

### *Haz un* retrotiming*: divide y vencerás*

Teniendo en cuenta todo lo que te he contado sobre cómo tienen que ser los objetivos, hago lo que yo llamo un *retrotiming*. Es como una cuenta atrás donde voy dividiendo las tareas en tareas más pequeñas. Primero establezco el tiempo concreto en el que quiero cumplir dicho objetivo (por ejemplo, en seis meses) y, a partir de aquí, estudio qué tengo que hacer cada mes. Gracias a esto sabré qué hacer cada semana y aquí ya podré dividirlo en tareas diarias. Ya te adelanto que surgirán imprevistos que trastocarán tu plan, no pasa nada. Es mejor que morirse. Por ello, es muy importante revisar de manera constante los detalles de nuestro plan y saber adaptarlo a los imprevistos que vayan surgiendo y a nuestra situación vital, para así poder modificarlos sobre la marcha. De esto también hablaremos.

Es decir, el *retrotiming* no deja de ser un desglose de mi objetivo final (a largo plazo) en objetivos a medio y corto plazo. Empiezo desde mi objetivo para llegar a conseguir «x cosa» en el tiempo que yo considere y establezco qué tengo que hacer mensual, semanal y diariamente para conseguirlo. Como siempre surgen cosas urgentes o imprevistos, utilizo ciertas herramientas para (dentro de lo posible) respetar el tiempo asignado e ir avanzando de forma efectiva.

Como soy consciente de que todo esto se entiende mejor con ejemplos, me dejo de blablá y te cuento cómo hago mi plan de acción creando un *retrotiming*. Ten en cuenta que, como es el mío, está centrado en la creación de contenido, que es a lo que me dedico, pero que tú tendrás que adaptarlo a tus objetivos.

1. Repaso mis objetivos mensuales y creo una lista de «deberes». Para cada uno de los ítems. Analizo:

- **Necesidades**

  - *Necesidades técnicas.* ¿Qué material necesito? (cámaras, ordenador, móvil, micrófonos…).
  - *Necesidades de producción.* ¿Tiene que haber silencio o puede haber ruido? ¿Puedo hacerlo en casa o en mi oficina? ¿Necesito internet? ¿Necesito algo concreto para llevarlo a cabo? (por ejemplo, información concreta, material, pelucas y disfraces…). ¿Tengo que desplazarme?
  - *Necesidades de personal.* ¿Lo puedo hacer sola? ¿Necesito ayuda?

- Teniendo en cuenta todo lo anterior, analizo cuánto **tiempo** voy a tardar en llevar a cabo los deberes. En general, intento trabajar con tiempo de antelación, así si por lo que sea no cumplo los *deadlines*, tengo margen para seguir llegando a lo que me propongo. De esta manera, bloqueo en el calendario ese tiempo y, aunque surjan imprevistos, simplemente modifico la fecha para hacerlo en un futuro. Es decir, lo pospongo y, a lo largo del mes, tarde o temprano se hará. Ella, previsora.

2. Repito el proceso semanalmente.

- Aquí confirmo de nuevo que mis prioridades semanales vayan de acuerdo con las mensuales. Incluyo los temas «urgentes» o del día a día que no se pueden posponer.

- Intento ponerme bloques de tareas iguales o parecidas para ser más efectiva, yo lo llamo «matadas». En un periodo de tiempo hago la misma acción, es decir, acumulo el mismo tipo de trabajo para hacerlo seguido. En mi caso, por ejemplo, no escribo un guion, sino varios, o grabo más de un vídeo del tirón. Así se amortiza más el tiempo.
- Confirmo con quien corresponda toda mi agenda: reuniones, citas médicas, quedadas, etc. Casi siempre cambio fechas y horas para conseguir maximizar esos bloques de tareas y ser más efectiva.

3. El día anterior hago una lista de lo que debo hacer al día siguiente por orden de importancia. De esta manera, si no me da tiempo a todo, lo que se queda por hacer será lo que pueda hacer en otro momento (que, por cierto, dejo calendarizado para no dejar de hacerlo). Aquí también incluyo cosas que hayan podido surgir en el día.

Además de todo lo que te he contado hasta ahora, utilizo otros truquitos que me ayudan a cumplir mis objetivos. Te los dejo aquí por si te inspiran y te ayudan:

- **Poner colores a cada tipo de tarea en la agenda.** De esta forma puedo ver a simple vista si hay un equilibrio entre vida personal y profesional. También en lo profesional, me aseguro de que haya un equilibrio entre tipos de trabajos, para que no se dé un exceso de reuniones, grabaciones o lo que toque. Para mí, que me aburro con facilidad, el equilibrio es muy importante, ya que me ayuda a estar siempre haciendo cosas diferentes.

- **Diferenciar entre lo urgente y lo importante.**

  - *Urgente.* Tareas a corto plazo que deben solucionarse en el mismo día. Ojo porque aquellas urgencias que se atiendan harán que luego nos cueste retomar el foco en lo que estuviéramos haciendo.
  - *Importante.* Aquellas tareas que nos ayudarán a cumplir objetivos a largo plazo y que deberían ocupar un tercio de nuestro tiempo, para no estancarnos en nuestros objetivos a largo plazo.

**Hay que evitar solapar lo importante con lo urgente, ya que si no acabaremos haciendo solo tareas urgentes.**

- **Agendarlo todo, todo, todo.** Lo que no está no existe, y por ello es muy probable que no lo hagas. Lo importante no solemos agendarlo porque tiene que ver con objetivos largoplacistas (ya lo haré) y lo urgente tampoco porque surge. Por ello, si por ejemplo surge una reunión de dos horas (un 25 por ciento de una jornada de 8 horas) tanto lo importante como lo urgente se acumula, generando estrés y la sensación de no avanzar o no llegar a todo. ¿Te suena la frase de que «un qué sin un cuándo es un nunca»? Pues de ahí la importancia de organizar las tareas:

- De forma ordenada y por prioridades.
- Con fecha y hora.
- Alineadas con objetivos a largo plazo.

También es importante entender que no todo es trabajo y que cuando se acaban estas tareas no hace falta ponernos más, no hay que calentar silla y **el tiempo personal también es importante**.

- **Crear bloques de tiempo por tareas.** Aquí entran las «matadas» que te comentaba antes. Según tu grado de energía y productividad, puedes realizar tareas del mismo bloque seguidas. En mi caso, me concentro las áreas de trabajo sabiendo que soy mucho más productiva por la mañana. A primera hora realizo las grabaciones, ya que soy mucho más creativa y estoy más concentrada. Para tareas más operativas, automáticas o metódicas (como reuniones, repasar Excels, hacer la contabilidad, me-muero-del-aburrimiento…) utilizo las tardes.
- **Evitar distracciones sociales.** ¿Cuánto tiempo perdemos con el móvil? Para desengancharme de él (esto suena un pelín yonki, pero a quién queremos engañar) lo dejo a menudo en modo avión o me lo olvido adrede en otra zona de la casa. También tengo dos teléfonos, uno personal y otro pro-

fesional. De lunes a viernes intento atender el teléfono personal a primera hora, a la hora de comer y al acabar el día; y, siguiendo la misma lógica, no suelo atender el teléfono profesional al acabar el día y durante los fines de semana.

**¡Extra, extra!**

Un estudio realizado por la universidad de California demostró que tardamos 23 minutos y 15 segundos en recuperar nuestra atención después de una distracción. En una jornada laboral de 8 horas, 30 minutos supone un 6,25 por ciento de la jornada. Eso quiere decir que si hacemos la suma de todas las veces que nos distraemos (sobre todo si trabajamos con nuestro teléfono cerca y consultamos las notificaciones, las redes sociales, los whatsapps, el email y los posts de las *influs* de turno)... mejor no hago la suma del tiempo que perdemos para ahorrarnos el disgusto.

Aunque no quiero ser dramática (bueno, quizás un poco sí), sabemos cuánto tiempo hemos utilizado, pero no cuánto nos queda. Es un recurso limitado, que se acaba y que no podemos comprar ni recuperar: cada minuto es un regalo. ¿Ansiedad, dígame? Por lo tanto, es importante que cuides tu tiempo y no lo malgastes. En este sentido te recomiendo encarecidamente *El valor de la atención* de Johann Hari, un libro que pone en valor las causas principales de la pérdida de tiempo.

El caso, trucos para ser más eficientes:

- **Planificar bien las reuniones.** Voy con un plan de reunión que repaso previamente para comprobar todo lo que se necesita y para no perder tiempo divagando. Lo ideal es que las reuniones nunca duren más de treinta minutos, y procuro ceñirme a este tiempo. Por otro lado, intento no estar en reuniones que se pueden evitar con una llamada rápida o un email. ¿Cómo lo hago? Preguntando antes cuál es la finalidad de la reunión y si es necesaria. Mano de santo.
- **Descartar cosas.** Sí, como lo lees. He aprendido a descartar todo lo que me da pereza o no me apetece, lo que me genera estrés, lo que es un compromiso y lo que no es importante. Basta con decir «No llego a todo». Por suerte, la gente es cada vez más respetuosa en este sentido y, como todos andamos a mil cosas, no juzga. Por otra parte, es importante que apliques la misma lógica para el resto. Es decir, si alguien no hace lo que tú quieres no pasa nada, respétalo porque tendrá sus razones (respira a fondo antes, si lo necesitas, pero que no se note). Tenemos que entender que cada uno tiene unas prioridades diferentes y que cada uno vive las cosas de manera distinta.

Volvamos a esto de las prioridades, que me parece importante. Te pongo un ejemplo práctico: escribir este libro. Al principio, era una prioridad a largo plazo. Por ello, durante los meses posteriores a decirle a la editorial «vale, ok, escribiré un libro» casi no le dedicaba tiempo. No obstante, a medida que se acercaba la fecha de entrega fue convirtiéndose en una prioridad a medio plazo y, al final, en una prioridad a corto plazo, por lo que tuve que hacer hueco en mi agenda y poner fechas límite para cada una de las entregas de los capítulos.

## Clasifica tus prioridades

Ahora que ya dominas el arte del *retrotiming* y que te sabes todos mis truquis de organización y eficiencia, toca que pienses en tus prioridades. Te dejo aquí tres columnas para que reflexiones acerca de tus objetivos y los coloques en la columna adecuada según el nivel de prioridad que les des. Por ejemplo, para sacar tiempo para estudiar un curso que decides hacer tendrás que dedicar menos tiempo a otras cosas, como limpiar la casa… ¿Cuál es tu prioridad número uno: tener tu casa impecable o estudiar una hora al día, aunque eso signifique que las estanterías cojan más polvo? No te digo que pases del orden y la limpieza, pero entre el negro y el blanco existen los grises… y a veces por querer hacerlo todo perfecto y bien no tenemos tiempo para lo que nos hace verdaderamente felices.

| **Prioridad a *corto* plazo** | **Prioridad a *medio* plazo** | **Prioridad a *largo* plazo** |
|---|---|---|
| | | |
| | | |
| | | |
| | | |
| | | |
| | | |
| | | |
| | | |
| | | |

Es muy importante que interiorices tus objetivos. Puede que tardes más de la cuenta, pero tarde o temprano lo lograrás. Como dijo Walt Disney: «**Pregúntate si lo que estás haciendo hoy te acerca al lugar en el que quieres estar mañana**».

Por último, como sé que a pesar de todo aún te quedan dudas sobre si vas a «llegar a todo» o si vas a tener tiempo, quiero hablarte del Principio de Pareto para ayudarte a cambiar la perspectiva desde la cual organizas tus tareas. Vilfredo Pareto era un economista e ingeniero italiano de finales del siglo XIX que se dio cuenta de que el 80 por ciento de la riqueza en Italia estaba en manos del 20 por ciento de la población. Esta distribución desigual le llevó a investigar si este reparto se repetía en otras áreas. ¡Pues resulta que sí! El Principio de Pareto o la regla del 80/20 se extrapola al área de los negocios y la economía, donde se observa que el 80 por ciento de las ventas provienen del 20 por ciento de los clientes, en el área de calidad y gestión, donde el 20 por ciento de los defectos de producción causan el 80 por ciento de los problemas... ¿Y qué pasa con la gestión del tiempo? Pues que el 20 por ciento de las acciones que ejecutas producen el 80 por ciento de tus resultados. ¿Cómo te quedas? Entonces, aquí va el secreto: si sabes de dónde proviene ese 20 por ciento, ¿por qué no lo potencias? Imagínate que logras duplicarlo... estarías *focused* en el 40 por ciento y tus resultados pasarían a ser de un 160 por ciento. Increíble pero cierto. De nada.

# CELEBRA TUS LOGROS

Ahora que ya dominas el tiempo (o, por lo menos, que tienes más herramientas a tu disposición) y que has puesto un poco de orden a tus objetivos, llega la parte chuli del plan. Todos tenemos la tendencia de autofustigarnos e infravalorar aquello que hemos conseguido. Pero la verdad sea dicha, yo hago todo lo contrario. A mí me parece que **cualquier paso hacia delante, por pequeño que sea, es motivo de celebración y recompensa**. Si nos ponemos objetivos a corto plazo para poder alcanzar objetivos a largo plazo, ¡no tenemos por qué esperar a celebrar hasta alcanzar el objetivo final! Podemos ir premiándonos a medida que vamos dando estos pasitos, ¿no? Una cena tonta, un premio con sabor a chocolate, una copa de esa botella de vino que El Alto (así es como llamo a mi marido, que como puedes deducir no es precisamente bajito) no quiere abrir porque la reserva para una ocasión especial.... ¡Señor Alto! ¡Que la vida son dos días!

Y no es que lo diga yo. Celebrar es una práctica recomendada por varios autores, tanto de la psicología como del *management* y el desarrollo personal. Celebrar ayuda a reforzar tu compromiso con aquello que te has propuesto. En *El poder de los hábitos*, Charles Duhigg nos habla de un bucle a la hora de formar y mantener hábitos. Imagínate un circulito que consta de tres partes: señal (cuando algo te dice que tienes que empezar a hacer algo), rutina (el plan que implementas para hacerlo) y la recompensa (la celebración). Es decir, celebrar el logro no es que sea solo una «palmadita en la espalda», ¡sino que forma parte del hábito en sí! ¿Por qué? Pues porque precisamente como tienes esta recompensa refuerzas tu rutina, es decir, tu plan, y esta sensación de satisfacción te lleva a continuar con tu comportamiento positivo. **Sin recompensa, es muy fácil que el hábito desaparezca.**

¿Sabes qué son los anclajes emocionales? Se trata del proceso en el que asociamos un estímulo a un estado emocional. Podríamos decir que los logros son el anclaje para que asociemos el trabajo bien hecho, el hábito que hemos adquirido o la tarea finalizada con emociones positivas, lo que aumenta las ganas de repetirlo. Celebrar los pequeños triunfos nos motiva a lograr más pequeños triunfos, que en algún momento se convertirán en grandes triunfos, eso es así.

Siempre me he sentido identificada con esta frase de Einstein que dice así: «Solo hay dos tipos de personas: las que creen que todo es un milagro y las que piensan que nada lo es». Yo soy del primer grupo porque creo que tengo capacidad para influir en lo que me sucede. Por lo tanto, me ilusiono y celebro mis pequeños logros de manera extraordinaria, siendo muy consciente de que hoy puede que no sea un gran logro, pero es el que me está haciendo avanzar. Y eso hay que celebrarlo siempre. Tengo una amiga, María, que repite a menudo esta frase: «*I didn't come this far, to only come this far*». Viene a decir, que no he llegado hasta aquí, después de todo el sacrificio, esfuerzo y ganas, para quedarme donde estoy. Es decir, avanzar tiene que ser motivo de alegría también durante el proceso, y no solo cuando lleguemos al final del trayecto. El disfrute forma parte del éxito.

**Vamos a por todas,**
**a saco y con todo.**

Hago un breve inciso aquí para hablarte de uno de nuestros peores enemigos: la comparación. ¿Cuántas veces no has celebrado algo porque «No hay para tanto», «Si fulanita ya lo logró hace mil años, ¿qué más da si yo lo he hecho ahora?»... Ay, amiga. Siempre habrá alguien mejor. Alguien más listo, más exitoso y más poderoso que tú. Compararte con otros no va a hacer que tu situación cambie, pero si lo haces, que sea para ver qué puedes aprender de esa persona y de su recorrido. Con eso quiero decir que esta continua comparación no te tiene que privar de identificar todos los pasos que has andado y celebrarlos. Como sé que a veces esto resulta complicado, te propongo que, en lugar de compararte con otros, te compares con tu yo del pasado. ¿Sabes qué pasa? Que tenemos tendencia a normalizar metas ya realizadas que ahora forman parte de nuestro día a día (un poco como Elsa Pataki con Chris Hermsworth, que ha normalizado que su marido es Thor). Y claro, nos parece que no hemos conseguido nada cuando, en realidad, si echamos la vista atrás, ¡flipas! Justo ayer estaba pasando por delante de mi penúltimo trabajo de oficina y hoy me han dado un premio Ondas. ¿Quién me lo iba a decir?, ¿ves a lo que me refiero? A veces ver el camino recorrido es mucho mejor que la comparación con terceros. Así que celebra tus logros y, si no encuentras logros que celebrar, oblígate a mirar en el baúl de los recuerdos y te aseguro que encontrarás motivos de sobra. Si me haces caso, los demás te importarán un pepino y podrás centrarte en tus logros personales, viendo dónde estabas y dónde estás ahora. **Para, emociónate y saborea lo que un día fue tu sueño, porque hoy es (o pronto va a ser) tu realidad.** Más vino, por favor.

«Vale, Brito, me ha quedado claro que tengo que celebrar para mantenerme motivada y seguir dando pasitos, ok, pero ¿cómo lo hago?», dirás. A mí me funciona dedicar unos minutitos al día a repasar todo lo que he conseguido ese día. En un día malo, hacerlo te recarga las pilas y te anima a no tirar la toalla. «¡Pero si la mayoría de días no logro una mierda!», dirás. «Mentira», te respondo yo. Un logro no es solo «lanzar la página web de mi nuevo negocio», también es «mandar cinco formularios a diseñadores web para contarles mi proyecto». Así que sí, cada día logras cosas y, si a nivel laboral te sientes estancada, recuérdate todo lo que has hecho en otros ámbitos (ordenar lo que sea, cocinarte rico, acompañar a una amiga al médico, llamar a tu madre para poneros al día...). En definitiva, trátate bien de una vez porque estás consiguiendo cosas todo el rato, pero, si no te lo crees, es fácil que te rayes y dejes de hacerlas.

Vale, y ahora vayamos al lío. ¿Cómo celebramos nuestros logros? Te animo a hacer una lista de tus cosas favoritas, por más tontas que te parezcan, para que cuando te desanimes la tengas a mano y puedas celebrar tus pequeños grandes logros haciendo alguna de ellas.

Estas son algunas de las mías:

- Comer chocolate.
- Darme algún capricho (véase comprarme velas, ropita...).
- Invitar a mi madre a comer.
- Salir a tomar un vino con El Alto (así me aseguro de que no nos bebemos la botella que llevaba guardando desde tiempos inmemorables).
- Marcar en el *vision board* o Panel de los sueños que he cumplido otro sueño (tranquilo, si no sabes de lo que te estoy hablando, en breves te sacaré de dudas).

### A celebrar para anclar

Piensa en las cosas que te gustan y anótalas en esta lista. No te centres solo en caprichos que te gusta autorregalarte, sino también en rincones a los que te gusta ir, personas a las que te gusta visitar, cosas que te alegran la tarde, sensaciones… Apúntalas todas aquí para que nunca te falten ideas para celebrar:

# SUPERA EL MIEDO AL FRACASO: FRACASAR ES APRENDER

Ya he insistido en la importancia de no perder nunca la confianza en aquello que queremos lograr. También he hablado de saber afrontar los imprevistos abrazando el cambio y con el convencimiento de que, tarde o temprano, cumpliremos nuestro objetivo. La confianza es clave para no perder el foco.

Sin embargo, no nos engañemos, hay veces que la cosa se pone fea, muy fea… nivel Quasimodo. En esos momentos sentimos no solo que hemos fracasado, sino que es nuestra culpa. Nos invaden sentimientos de frustración, derrota, desilusión y decepción. Una absoluta mierda. Por ejemplo, en mi caso, me sucede a menudo que formatos de vídeo a los que dedico mucho tiempo, esfuerzo y medios no tienen el éxito que esperaba. Es un constante prueba y error, un camino lleno de piedras en el que tengo que ir aprendiendo a la fuerza.

Está claro que me frustro, pero, cuando se me pasa, siempre aprendo algo de lo que no me ha funcionado. **Los errores están para analizarlos**. Tal vez ese vídeo no me funcionó porque el enfoque no era el adecuado, porque era un tema demasiado de nicho y no interesaba a nadie, porque las bromas eran flojitas... o puede que fuera porque lo colgué en un mal momento, ya que todo el mundo estaba pendiente del *gender reveal* de la *influ* de turno. Pueden ser mil cosas, pero, sea lo que sea, analizar los errores es mucho más valioso y constructivo que enfadarnos y no querer saber nada del asunto.

Si aprendemos a ver los fracasos como meros aprendizajes y seguimos confiando en nosotros mismos, en nuestra idea y en nuestra misión, todo se alinea. No sabes cuándo, no sabes cómo, dónde o con quién, pero, te digan lo que te digan y pase lo que pase... tú cumplirás tus metas.

En este sentido, cuando le veas las orejas al fracaso, no hay herramienta más valiosa que aprender a confiar en el proceso, y una de las formas de lograrlo es creando mantras que te puedes ir repitiendo. Un mantra es una frase que repites sin cesar, que se alinea con lo que quieres y que te devuelve a un estado de calma en periodos de ansiedad. Frases como «No tienes límites», «Puedes con todo», «Vales más que todo esto» pueden ayudarte en momentos en los que has perdido la confianza en ti mismo. Personalmente, utilizo un mantra diferente en función de mi estado de ánimo, es decir, los voy adaptando a cada situación y momento. Aunque voy variando, el mantra que más suelo repetirme a mí misma es «confía». Está demostrado por la ciencia que la repetición de mantras reduce el estrés, mejora la concentración, aumenta la resiliencia y regula las emociones. Por lo tanto, nada de decir que son solo «frasecitas vacías», ya que pueden ser muy poderosos.

### Crea tu mantra

Te dejo aquí espacio para que encuentres tu mantra. Como verás en este libro, el mío es «No sé cuándo, no sé cómo, pero va a pasar». Es algo que me repito siempre que me marco un objetivo ya sea personal o profesional y que me tranquiliza sabiendo que todo llegará en el momento oportuno. Recuerda que el objetivo de este ejercicio es probar para encontrar el que mejor te encaje a ti y que puedes tener más de uno para según el momento en el que te encuentres. Los mantras no caducan. Para ello piensa en palabras o frases que puedas repetir quince veces seguidas, respirando hondo mientras realizas una tarea «automática» (cocinar, conducir, lavarte los dientes...). Si te provoca las siguientes sensaciones es una buena opción, pero, si no es el caso, descártalo y busca otras:

- Te produce calma y relajación mental.
- Crees firmemente lo que te estás diciendo y te identificas con ello.
- Está conectado con alguna emoción o pensamiento.

- Lo recuerdas con facilidad.
- Es algo que te sale del corazón con lo que siempre resuenas.

Ahora sí, prueba a encontrar tus mantras.

Respecto a las metas, también es importante fluir y no obsesionarse, centrándonos en el proceso más que en una meta concreta, ya que así, si tenemos que adaptarnos o incluso nos surgen oportunidades que no creíamos posibles, las abrazaremos sabiendo que es lo mejor para nosotros. Esto lo digo porque somos seres cambiantes, a diario experimentamos y aprendemos cosas que nos hacen tener más claro qué cosas queremos y cuáles no. Por ello, aunque tengamos metas a largo plazo debemos saber redirigirlas en base a lo que nos vaya haciendo felices. Aunque tengamos un plan, hay que dejar espacio para que la vida nos sorprenda y nos muestre caminos que *a priori* no eran planteables. Esto se resume en: sigue el plan, pero también escucha los demás planes que te surjan, ya que si no tu objetivo se puede convertir en tu prisión. Como dijo el músico Davile Matellán, «las mejores brújulas se fabrican con restos de los peores días».

¿Y qué pasa cuando lo has hecho todo bien y, aun así, fracasas? Los «fracasos» *heavies* son desafíos que hacen tambalear nuestras creencias y nos hacen dudar de nosotros mismos y nuestra valía. Por ejemplo, a lo mejor hoy mi objetivo es tener un *show* de entretenimiento. Tengo la firme creencia de que soy idónea para hacerlo. No obstante, imagina que llega la oportunidad y no sale bien por la razón que sea: no tiene audiencia, lo hago mal, no me gusta, ya no se lleva hacer ese formato y un largo etcétera. Es probable que tenga una crisis de identidad: «¿Soy lo suficientemente buena? ¿Qué ha pasado? ¿Y ahora qué?». Me tendría que sentar de nuevo conmigo misma y volver a hacer ese trabajo de introspección para volver a crear un nuevo rumbo, analizando qué ha cambiado desde la última vez que hice este ejercicio, tanto a nivel interno como externo. Es decir, tendría que volver a asentar mis nuevas creencias, ya que una experiencia me ha desmontado la que tenía previamente, que era «Eres la persona idónea para hacer un *show*». Pues resulta que no y no pasa nada. Lo de siempre: seguimos.

En momentos en los que siento que fracaso (que son muchos y muy frecuentes porque tengo una ligera tendencia a autoboicotearme y a sentir que puedo hacerlo mejor), aparte de acudir al repaso de mis logros y sus correspondientes celebraciones, me ayuda mucho pensar que, sea lo que sea lo que me esté pasando, por muy malo que sea, **es mejor que morirse**.

**Para atrás ni para coger impulso,**
**al toro por los cuernos y a seguir buscando,**
**porque quien busca encuentra.**

## CHULETA

- Crea un plan de acción para que, independientemente de tus circunstancias y tu momento vital, puedas ir cumpliendo tus sueños poco a poco.
- Según cómo establezcas tus prioridades le darás más o menos importancia a tus objetivos y te sacrificarás más o menos para cumplirlos. Gracias a ello, establecerás tu nivel de compromiso con cada uno de ellos.
- Tus objetivos deben ser S.M.A.R.T:

  - Específicos (*Specific*)
  - Medibles (*Measurables*)
  - Alcanzables (*Achievable*)
  - Realistas (*Realistic*)
  - De duración limitada (*Time-Bound*)

- Celebra los pequeños logros siendo consciente de que estás avanzando, aunque sea casi imperceptible para ti misma o para los demás.
- Los fracasos son aprendizajes, pero si tienes un mal día y esto se te olvida, encuentra un mantra para recuperar la confianza en ti.

# TERCERA PARTE
# VIBRA CON LO QUE SUEÑAS

> La risa es atemporal. La imaginación no tiene edad.
> Y los sueños son para siempre.
>
> WALT DISNEY

Es contraproducente que pienses que ahora que tienes toda esta información vas a poder dar un giro de 360 grados a tu vida en menos de 24 horas. No puedes eliminar de la noche a la mañana la forma que tenías de pensar hasta ahora. Bueno, entiendo que si te vas a un retiro espiritual y pruebas 15 kg de Ayahuasca quizás sí. Así que, con todo lo que vas aprendiendo, ve viendo qué te apetece aplicar. Más vale ver cómo avanzamos un poquito día tras día a autoexigirnos un cambio radical, que lo único que conseguirá es generarnos más ansiedad y presión.

Una de las cosas que más me ha costado, y que me sigue costando mucho, es disfrutar del camino. Aunque con todo lo que te he contado hasta ahora puede parecer que lo tengo todo aprendido, en realidad, en casa del herrero, cuchillo de palo. «Disfrutar del camino» es esa frase matadora, manida, que sabes que es cien por cien real, pero que no tienes claro cómo aplicar en tu día a día. Es como cuando dejas una relación y te intentan consolar diciéndote: «No te preocupes, el tiempo lo cura todo». A ver, señora, que como siga comprando pañuelos para sonarme los mocos y chocolate para la ansiedad en estas cantidades, me arruino en dos semanas. Quiero que se me pase el disgusto hoy.

Pues con esta frasecita pasa lo mismo, le puedes acabar cogiendo manía. Lo peor es que, con toda probabilidad, quien te diga que disfrutes del camino te hable, además, sobre la «importancia de apreciar las pequeñas cosas». Qué inteligente es la gente, no había caído yo en eso, fíjate. Pero yo, que llevo más de una década con mi marido y que no me sé todavía su número de teléfono, creo que no estoy como para valorar esos pequeños detalles. Por lo que sea.

En relación a lo que hablábamos en el primer capítulo, conocer tus dones y tu personalidad está bien, pero es igual de importante conocer las limitaciones de cada uno. De la misma manera que no vamos a fingir que a todos se nos da bien todo, yo no voy a decirte que estoy a tope con los pasitos del caminito y las cositas pequeñitas, porque no es así. ¿Significa esto que no me tenga que esforzar en eso de apreciar lo cotidiano y los momentos aparentemente insignificantes? No, en absoluto. Significa que, precisamente porque me conozco muy bien a mí misma y sé que eso no se me da nada bien y que, incluso, por qué no decirlo, la dichosa frasecita me da hasta rabia y me da pereza intentarlo, he tenido que desarrollar trucos que me funcionan para enfocarme en el presente. Dentro de mis posibilidades, claro. ¿En serio pensabas que te diría que lo de valorar las cosas del día a día era una patraña? Que sepas que, aunque me cueste aplicármelo, está requetedemostrado que **estar más presentes y agradecidos contribuye a mejorar nuestra calidad de vida**. Te lo dice el *mindfulness*, el budismo y hasta los filósofos estoicos, así que algo de caso les tendremos que hacer.

Pero antes de entrar en faena, me gustaría explicarte por qué me cuesta tanto disfrutar del camino. No te lo cuento para que sepas más de mí (¡que también!), sino para que veas que no todos sabemos «apreciar las pequeñas cosas», que no todos vamos con una taza de Mr. Wonderful siempre encima, y no pasa nada. Para bien o para mal somos el cúmulo de las cosas que vivimos, y la razón de mi inconformismo y mi autoexigencia se debe, probablemente, a lo que viví en mi adolescencia y parte de mi temprana edad adulta. Abrimos caja de Pandora en tres, dos, uno…

Tuve la suerte de nacer en el seno de una familia acomodada que acabó perdiéndolo todo. Cuando digo «todo» me refiero a las propiedades, el dinero, los lujos y la comodidad con la que me crie. Es cierto que, gracias a Dios, no puedo decir que haya pasado hambre o que no haya tenido un techo bajo el que vivir, pero sí se podría decir que pasé de tenerlo todo a la nada más absoluta. No pretendo dar pena y, por supuesto, no puedo compararme con otras personas cuyas situaciones económicas, sociales y/o políticas son infinitamente peores a las que yo viví. Solo quiero contarte mi experiencia y cómo me afectó y me marcó para siempre. Hablo desde mi verdad, y eso no me lo quita nadie.

El hecho de haberme criado entre esa abundancia, muy superior a la media, me hacía vivir en una realidad paralela. Una realidad en la que no había conciencia sobre el verdadero significado del sacrificio, el esfuerzo o la resiliencia. ¿Qué necesidad tenía de saber levantarme si nunca me había caído? Me atrevería a describirme como una niña y adolescente inocente, caprichosa, consentida e inconsciente. Los problemas que yo podía tener no eran ni del primer mundo, eran del mundo de Yupi. Que, por cierto, existe, porque yo vivía en él.

El contexto familiar también es importante, ya que no tuve figura paterna (eso da para otro libro) y me crie con mis abuelos maternos. Unos abuelos que habían vivido una guerra civil (muerte, hambre, frío, pobreza) y que habían hecho fortuna por méritos propios. El problema es que sin conocimientos financieros no supieron gestionar su patrimonio. Derroche sin control para dar a los suyos lo que ellos nunca tuvieron. Tampoco se les puede juzgar, ¿no? Tanto ellos como mi madre lo hicieron lo mejor que pudieron, lo mejor que sabían, porque la vida no viene con un libro de instrucciones.

El declive comenzó cuando yo tenía unos siete u ocho años y la situación fue empeorando muy poco a poco hasta el 2008, cuando empeoró de forma considerable. Se puede decir que no remontamos hasta que empecé con *El Show de Briten*. Durante todo ese tiempo, por todo lo que viví, si algo tenía claro era que a mí «eso» nunca me iba a pasar. Iba a hacer lo que fuese necesario para que nadie de mi familia tuviera que vivir lo mismo que yo, para poder ayudar en casa, para que mi madre estuviera tranquila, para cuidar siempre de los míos. Esa es la vivencia que me ha hecho ser tan inconformista, la sombra detrás de mi autoexigencia. Porque «a mí esto no me vuelve a pasar».

Sin embargo, es tan fuerte el deseo de que nada así me vuelva a ocurrir que a veces me pongo una presión tremenda y lo siento más como una obligación que como una opción. «No voy a permitir quedarme en la miseria» es una meta muy loable, siempre y cuando no empieces a ver fantasmas donde no los hay. A menudo me tengo que recordar que tengo un hogar y un buen trabajo, que estoy muy lejos de una situación crítica, porque mi cabeza está en «modo supervivencia» aunque es obvio que, de momento, no tenga que preocuparse por ello. Me cuesta «disfrutar del camino» o «apreciar las pequeñas cosas», ya que siempre tengo la mirada puesta en el futuro. Por suerte, soy consciente de que ese inconformismo u autoexigencia pueden llegar a ser tóxicos, y que si no se les para los pies pueden generar una insatisfacción infinita. Existe un círculo vicioso entre nuestros límites y nuestras fortalezas, porque es indudable que la autoexigencia y el inconformismo me han llevado a donde estoy hoy, pero también que pueden ser aquello que acabe conmigo. Así que, con los pies en la tierra, siempre. Porque el trabajo no lo es todo, pero la salud sí. Y la mental, por supuesto, también.

# GESTIONA TU HAMBRE INSACIABLE, GESTIONA TU INSATISFACCIÓN

Sabiendo de dónde vengo y entendiendo que soy de profesión inconformista, te cuento qué hago yo para intentar, dentro de mis posibilidades, encontrar el equilibrio.

Digo «intentar» porque para mí el tener este comportamiento es algo casi visceral (muchas veces impulsivo e incontrolable) y me supone un verdadero esfuerzo. Tengo que esforzarme para frenar mi ambición, a veces desmedida. Vivo en un constante «*the sky's the limit*» (en inglés suena mucho mejor) y no dejo de preguntarme cosas como «¿Dónde está el límite?», «¿Cuándo será suficiente?» o «¿Cuándo voy a parar?». Y no me lo pregunto en plan negativo y machacón, sino todo lo contrario. Pienso que no tengo límite, que por qué tengo que parar y que nunca nada es suficiente porque la vida siempre te puede sorprender. No seas como yo, no me copies en esto, por favor te lo pido.

Como soy consciente de que esa es mi naturaleza, la forma que he encontrado para buscar el equilibrio entre el conformismo (puntual) y la ambición (a veces desmedida) es con planes realistas, con objetivos retadores pero alcanzables. Acuérdate de la frase: **«No sé cómo, no sé cuándo, pero va a pasar».** Parece una chorrada, pero repetírmela me ayuda mucho a centrarme en el momento presente, que sin duda es una de mis grandes debilidades. Me ayuda a confiar y a vibrar con lo que quiero crear. Por ejemplo, yo sé que llegaré a superar el millón de seguidores (una vez más: Modesto, baja ya, que estoy subiendo, hombre) pero «No sé cómo, no sé cuándo, pero va a pasar». Así con todo. Puedo afirmar que es uno de mis mantras más efectivos, desde luego uno de los que más me repito y utilizo.

Para no impacientarme, algo que estoy aprendiendo, y que es crucial para no agobiarse con el futuro y vivir tranquila en el presente, utilizo algunos trucos. Te dejo aquí los que más me sirven:

1. **Analizar en qué cosas soy menos paciente, en qué cosas lo soy más e intento indagar en el porqué**. Por ejemplo, podría obsesionarme con por qué no tengo más seguidores con preguntas cómo: ¿qué significado le doy a tener tantos seguidores?, ¿por qué creo que me irá mejor si los tengo?, ¿qué creencias (acuérdate del capítulo 1) se pueden asociar a que esto me genere impaciencia?
2. **No crearme falsas expectativas** e intentar ser

siempre lo más realista posible… ¡Si luego me sorprendo, mejor!

3. **Crear planes de acción**. Si has leído con atención el capítulo anterior, ya sabes de lo que te hablo. Crear planes me ha hecho darme cuenta de que no puedo ser una «cagaprisas» y pretender hacer el trabajo de dos meses en una semana. El ejercicio de planificar me ayuda a ser consciente de que las cosas llevan su tiempo (muy a mi pesar, pero qué le vamos a hacer).
4. **No compararme con otros**. Cada uno tiene su camino, que no es ni mejor ni peor. Además, vete tú a saber cómo es la realidad de las vidas que envidiamos… ¿Te acuerdas del meme ese de «lo que me compro» y «lo que me llega»? Pues eso.

La ambición es buena porque nos empuja a alcanzar nuestros sueños, pero tiene que ser una ambición racional. Si mientras lees esto estás pensando «¿pero qué dice? Si la ambición es lo mejor del mundo», déjame que te cuente el mito de Ícaro.

Según la mitología griega, después de unos acontecimientos que no me detendré a explicar porque si no este libro sería eterno, Dédalo (el arquitecto del famoso laberinto de Creta) y su hijo Ícaro estaban presos en una torre. Para poder escapar, el padre decidió fabricar unas alas con cera de abeja y plumas que les permitieran saltar de la torre y sobrevolar el mar hasta llegar a otro reino. Si me preguntas, una idea de bombero, pero supongo que no tenían más opción y algo sabía de construir cosas, el hombre... Bueno, pues le dio las alas customizadas a Ícaro y le advirtió que no volara muy alto porque había hecho una chapucilla y con el calor del sol la cera podría derretirse. ¿Qué pasó? Pues que Ícaro se puso a volar por el cielo y aquello le flipó. Se sentía el amo del mundo... Así que se elevó más y más, pasando olímpicamente de lo que le había dicho su padre. Resultado: se acercó demasiado al sol y la cera que unía las plumas se fundió. Ícaro cayó al mar y nunca más se supo.

Lo curioso de este mito es que está de rabiosa actualidad. En psicología se usa el término «complejo de Ícaro» para referirse a aquellas personas que, por su ambición desmedida, ignoran los riesgos. **Ir a por todas está bien, pero se tienen que conocer los límites, propios y ajenos.** Quienes padecen este complejo están obsesionados con autosuperarse, acostumbran a tener cierta ingenuidad y falta de previsión (¿te das cuenta de la importancia del *plan*?) a la hora de asumir retos, tienen una bajísima tolerancia a la frustración y una gran necesidad de destacar por encima del resto. También es común que solo establezcan vínculos con los demás con fines prácticos, porque en determinado momento les interesa. En el síndrome de Ícaro no se escucha a nadie, menos a los consejos de los demás, y se está dispuesto a lo que sea para lograr la meta... El problema es que la caída es estrepitosa.

Como sé que si eres como yo te puede costar encontrar el punto medio entre afán de superación y ambición desmedida, te dejo aquí algunas diferencias para que reflexiones:

- El deseo de mejorar o lograr un objetivo anima a seguir adelante en un momento de dudas. Si nos impide pensar en otras cosas o dedicar esfuerzos a otros menesteres, ¡ojo!
- Cuando hay afán de superación los objetivos son realistas y existen pequeñas metas a medida que recorremos el camino. Cuando lo que hay es una ambición desbordante nos olvidamos de los pequeños pasos y nos situamos de golpe en un escenario con luces, cámara y acción.
- Cuando queremos superarnos puede que dejemos un poco de lado nuestras relaciones personales porque nos estamos enfocando a full en la meta... pero si esto se alarga muchísimo y se convierte en algo incompatible con ver a amigos o familia, ¡ojito!
- Cuando no logras disfrutar de los pequeños avances y retos superados porque solo puedes pensar en el objetivo final, te aviso que lo tuyo es ambición desmedida y no afán de superación.

# AGRADECE SIEMPRE. *THANK YOU*, GRACIAS, *DANKE*, *MERCI*

Ya te he hablado de la importancia de disfrutar de los pasos del camino, así que ahora voy a hablarte de los famosos pequeños detalles del día a día. Como ya sabes, me encanta el desarrollo personal, y una de las cosas a las que más importancia dan los expertos en esta materia es la gratitud. Así que, como buena alumna y buena lectora, durante mucho tiempo intenté de todo para agradecer las cosas del día a día.

Primero, traté de hacer un repaso mental sobre cosas por las que estaba agradecida hoy nada más levantarme o a la hora de acostarme. Importante el matiz del «hoy» por lo de «vivir el momento», no vale dar las gracias a la virulé. Después, ya que lo anterior no fue fructífero porque o se me pegaban las sábanas o porque me quedaba dormida viendo da igual qué, empecé a ponerme alarmas a lo largo del día. Ella, cuadriculada hasta para agradecer. 2 p. m.: «Gracias por el buen tiempo que tenemos en España». A pesar de que al principio me funcionó, vi que esta táctica me interrumpía en el trabajo y me dispersaba. Vamos, que tampoco llegó a cuajar.

A pesar de todo, no me daba por vencida. Me di cuenta de que no podía obligarme a mí misma a dar las gracias (solo de pensarlo suena hasta ridículo), sino que tenía que buscar acciones que realizara de forma automática a lo largo del día y aprovechar esos momentos para agradecer. Se trata de momentos en los que vas en piloto automático, en los que no piensas en nada y en los que muchas veces incluso sueñas despierto, como prepararme el café de las mañanas, ducharme, lavarme la cara y las manos, ponerme el casco en la moto, un trayecto en un taxi... Es durante esos momentos «muertos» que empecé a agradecer.

La realidad es que, a pesar de estar inicialmente reacia a poner este ejercicio en práctica y dudar de su efectividad o de sus supuestos innumerables beneficios, debo decir que sí me ha servido... y de mucho. Algunos de los beneficios que yo he encontrado son:

- **Aprender a valorar lo que importa de verdad**. Como decía San Agustín, «no es el que más tiene sino el que menos necesita». Las cosas por las que más estamos agradecidos son las que no se pueden comprar: la salud, el amor de nuestros seres queridos, el respeto de los demás...
- **Reduce la ansiedad**. Tiene cierto efecto placebo y el pensar en aquello por lo que estás agradecido te calma ante situaciones de estrés.

- **Mejora tu estado anímico**. Te hace estar más contento y, en general, más feliz.
- **Fortalece relaciones**. Te das cuenta de la suerte que tienes de tener cerca a tu círculo más cercano (familia, amigos, compañeros de trabajo...) y lo aprecias más.
- **Mejora la autoestima**, sobre todo en esos momentos en los que analizas todo lo que has avanzado. Ya lo he comentado antes, pero ese repaso del antes versus el ahora no deja de ser una forma de agradecer lo afortunados que somos de haber podido avanzar tanto.

**La gratitud es una práctica más poderosa de lo que en un inicio puede parecer**. Si se cultiva, incluso puede aumentar nuestra producción de oxitocina (la llamada hormona del amor) y hasta mejorar el sueño. Existen muchísimas cosas que damos por sentado pero que es una suerte inmensa que estén presentes en nuestra vida: el acceso a agua potable o a comida todos los días, el hecho de gozar de un sitio donde dormir o de conexión a internet... Y así, como en *Toy Story*, «hasta el infinito y más allá», porque la lista es interminable. Todo es motivo de agradecimiento y deberíamos ser más conscientes de ello.

### Empieza a agradecer

Te dejo aquí espacio para que pienses en cosas por las que estás agradecido. No tienen que ser grandes hitos ni tienes que darle muchas vueltas. Reflexiona un rato sobre lo que has hecho hoy y anota cinco cosas por las que dar gracias:

1. ______________________________
2. ______________________________
3. ______________________________
4. ______________________________
5. ______________________________

# CONFÍA, CONFÍA Y CONFÍA (Y VISUALÍZATE)

Como ya has visto, una de las claves para lograr tus objetivos es crear un plan de acción, lo que significa elaborar un *retrotiming*. Sin embargo, de poco servirá sin este otro ingrediente imprescindible: la confianza. Tienes que confiar ciegamente en el proceso. Soy consciente de que las cosas no siempre salen como a una le gustan, que surgen piedras en el camino y que a veces los planes (como las reglas) están para saltárselas. Pero de hacerlo, siempre confío en que lo que me está pasando es lo mejor para mí, y que es solo un desvío con el que no contaba para cumplir mis sueños.

Cuando esto pasa, al ser tan cuadriculada, admito que me cuesta asimilar este nuevo camino (¡yo tenía un plan!), pero si hay algo que me repito siempre y muchas veces es «confía». Confía ciegamente. Una vez más:

**No sé cómo, no sé cuándo,**
**pero va a pasar.**

Como dijo el escritor T. Harv Eker: «Las personas exitosas tienen miedo, las personas exitosas tienen dudas, las personas exitosas tienen preocupaciones. Simplemente no dejan que esos sentimientos los detengan». Seguimos.

### *La carta al universo*

Para confiar en mis sueños utilizo herramientas que algunos consideran místicas. ¡Pero qué le voy a hacer si la bruja de Briten siempre sale a la luz!

La primera que te voy a explicar, la carta al universo, consiste en, como indica el nombre, escribir una carta dirigida al universo en la que se expresen deseos, intenciones, sueños o aspiraciones. ¿Cómo? Pues ahora te cuento cómo lo hago yo (ella, protagonista). Me imagino a mí misma con una varita mágica a lo Briten Potter (Ana deja las drogas) y pienso cómo quiero que sea mi vida acorde a mis circunstancias personales. Es decir, no me imagino en una realidad utópica en la que gano el Euromillones, tengo el cuerpo de una modelo y hablo 18 idiomas con fluidez. Pienso en mi vida actual, pero mejorándola lo máximo posible, sabiendo que lo que estoy pensando tiene altas probabilidades de que suceda o bien por mí o por factores ajenos, que para nada son improbables.

Antes de ponerme a escribir, reflexiono acerca de todos los aspectos de mi vida:

- Ámbito profesional
- Tiempo libre
- Familia
- Pareja
- Amigos
- Salud física y emocional

Y, cuando ya he pensado bien qué cosas quiero lograr en cada uno de estos ámbitos, empiezo a escribir. Lo mío, más que una carta parece la Biblia, ya que lleno unas cuatro hojas por tema. Desarrollo mucho los detalles y me centro sobre todo en las emociones o sentimientos que quiero sentir, ya que eso me ayuda a poner orden y a descubrir qué quiero.

Por ejemplo, si quieres cambiar de trabajo quizás no tengas claro a qué sector o en qué industria exactamente, pero puedes pensar en otros detalles como:

- Qué te apetecería aprender.
- Cómo te gustaría que fuese tu día a día.
- Cómo te imaginas a tus compañeros y el ambiente laboral.
- Dónde está ubicado el trabajo.
- Cuánto te pagan (cantidad, sí, pero también yendo al detalle: si son 12 o 14 pagas, si tienes bonus y de cuánto, cuánto te suben el sueldo anualmente, qué otros incentivos tienen, si te dan seguro médico…).

- Si hay flexibilidad y/o teletrabajo.
- Cuál es tu relación con tu jefe (trabajáis mano a mano, te da mucha libertad, delega en ti al cien por cien).
- Cómo es el tipo de empresa (grande, pequeña, local, internacional).
- Qué proyecciones tienes dentro de la empresa.

Como ves, antes de ponerte a escribir tienes que pensar en una infinidad de opciones y analizar qué quieres y, sobre todo, por qué lo quieres. Por ejemplo, no es lo mismo poner que quieres aprender por culturizarte, a hacerlo con el objetivo de dar un salto profesional o para que te sirva como trampolín para cambiarte de industria. Son cosas en las que tienes que pensar tranquilamente y sin prisa.

Siempre cuento la misma anécdota, para que veas el poder de este ejercicio. Estaba ayudando a una amiga a escribir su carta, y en ella pidió a su chico perfecto de una forma muy detallada. Que si quería que fuera atractivo, que contara chistes, que le gustara ver *Masterchef* y salir a comer por ahí, que estuviera unido a su familia... Al poco tiempo llegó su príncipe azul con literalmente todo lo que ella puso en su carta... con una excepción. Él vivía en Sevilla y mi amiga vive en Madrid. Ella en *shock* y yo pensando... «¡te lo dije, tenías que haber pedido que fuese de Madrid o al menos que viviera aquí!». Cuidado con lo que pides, que, como ves, se cumple.

Además de ser superdetallada, la carta al universo tiene otros ingredientes que tienes que añadir si quieres triunfar con la receta... ¡Apunta, porque esto no ha hecho más que empezar!

1. Escribe en futuro como si fuese presente

@policia, estarás pensando... pero confía. Primero tienes que decidir cuándo quieres que suceda lo que escribes: de aquí a seis meses, un año, dos, tres... Esto es personal y da igual el tiempo que elijas. En mi caso, para poder ser flexible (por si cambio de opinión gracias a aprendizajes o a experiencias vividas) yo escribo dos cartas al año, es decir, que cada una es a seis meses vista. Por lo tanto, si la escribo en enero la carta comenzaría algo así como:

«Madre mía, ya es junio, ¡qué rápido han pasado estos seis meses, qué barbaridad la de cosas que han pasado...!».

Es importante hablar en presente porque **nuestro cerebro no distingue entre lo que es real o lo que es imaginado**. Si, por ejemplo, piensas en un zumo de naranja recién exprimido, ¿no te pasa que empiezas a salivar? La reacción es la misma que si estuvieras a punto de tomar el zumo de verdad. En cierta forma, podemos engañar al cerebro. Está claro que nosotros sabemos lo que es real y lo que no, pero las zonas que se activan en el cerebro son las mismas, por ejemplo, cuando escuchamos una canción o cuando la tarareamos. ¿Te explota el cerebro, literalmente, eh? Pues es una gran noticia, porque significa que **si visualizamos una situación una y otra vez de una determinada manera, nuestro cerebro**

**estará entrenado para lograrla**. Por lo tanto, si escribes en presente tu carta estás visualizando que lo que quieres es tu realidad actual.

**¡Extra, extra!**

Si aún no te acabas de creer lo de la visualización, tal vez esto te haga cambiar de idea. El psicólogo australiano Alan Richardson llevó a cabo un experimento en 1967 que demostró el poder de la visualización en el rendimiento deportivo. Dividió a un equipo de baloncesto en tres grupos para un experimento de veinte días, donde cada grupo tenía una rutina diferente:

Grupo 1: Práctica normal de tiro a canasta durante veinte minutos al día.

Grupo 2: Descansar y comer bien.

Grupo 3: Imaginarse tirar tiros libres uno tras otros, sin fallos, durante veinte minutos al día.

Al terminar el experimento el grupo 1 aumentó su porcentaje de acierto en un 25 %, el grupo 2 en un 0 % (obviamente) y el grupo 3 en un 24 %. Ahí lo dejo.

## 2. Cuida tu vocabulario

Aparte de escribir en presente y con infinidad de detalles, también es conveniente que tengas cuidado con cómo escribes las cosas. Siempre positivo, nunca negativo. Por ejemplo, no conviene decir «Ya no como comida basura» sino escribir desde lo bueno: «Estoy contenta porque he cambiado completamente mi alimentación, con comida sana y saludable». Un truco para hacer esto es escribir primero qué te gustaría aparte, en una lista sin mucho detalle, y en el momento de escribir la carta y pasarla a limpio, cambiar las frases para que el vocabulario sea lo más positivo posible.

3. Concretar es vencer

Igual que con los objetivos, en la carta también tenemos que aprender a concretar con cifras. Esto se aplica, por ejemplo, a cantidades económicas, número de veces que quieras hacer algo al mes/semana/día, etc. Todo lo que pueda tener una cifra, plásmalo, ya que eso te ayudará a pensar cómo alcanzarás ese objetivo. Insisto en que las cifras siempre deben de ser retadoras pero alcanzables, ahora explicaré por qué. Por ejemplo, no es suficiente con poner «¡Qué contenta estoy! ¡Por fin me han subido el sueldo!», sino que es mejor que escribas «Me han subido el sueldo un 15 % anual con un incremento en el bonus del 5 % revisable a dos años, suponiendo un total de 40.000 euros brutos al año».

4. El tiempo que le dedicas es importante

No hay prisa a la hora de llevar a cabo este ejercicio, es más, es importante dedicar el tiempo que haga falta a hacerlo bien por varios motivos. El primero, obviamente, porque hay mucho que pensar, sobre todo las primeras veces. El segundo, y quizás mucho más importante, es porque al escribir en presente (o al menos a mí me pasa) siento que lo que escribo es real y, por tanto, tiendo a emocionarme. Al ser tantos temas y emocionarme cada dos por tres, necesito escribir poco a poco, incluso un poquito durante varios días, ya que si no la carga emocional es ingestionable. Todo el día llorando, macho, y los envidiosos dirán que no soy sensible.

5. Escríbela a mano

Sí, da pereza, ya lo sé. Pero aunque sea un trabajo adicional, porque ya tenemos la costumbre de escribir todo por ordenador, escribir a mano nos ayuda a creernos más lo que pedimos, ya que sale de nuestro puño y letra. En el pasado escribí alguna carta en el ordenador y te aseguro que la experiencia no tiene nada que ver... yo no logré conectar con lo que estaba escribiendo. Así que aunque tardes más y sientas que te vas a quedar manca de tanto escribir, merece la pena coger el boli.

6. La carta es únicamente tuya

Esto quiere decir que no puedes escribir por y para los demás. En todo caso puedes escribir cómo tú vas a ayudar a esa persona a cumplir el objetivo que tú quieres, porque eso sí depende de ti. Por ejemplo, no puedes escribir «Mi madre está bien de salud» porque no depende de ti. Lo que sí podrías escribir son aquellas cosas que harías para ayudarle a cumplir este objetivo concreto, por ejemplo: «Intento que mi madre tenga una vida saludable yendo con ella tres veces a la semana al gimnasio, acompañándole a sus revisiones médicas y haciéndole un menú semanal (¡incluso a veces vamos juntas a la compra!)».

Además, todo lo que pongas sobre terceros tienen que ser cosas realistas que ellos quieran y puedan hacer. Parece una chorrada, pero yo llevo pidiendo en mis cartas al universo un novio para mi madre desde el pleistoceno y claramente no ha llegado por mucho que haya cambiado el «chip» y haya puesto cosas como «le he descargado aplicaciones para que conozca a gente y le he enseñado a usarlas». No sirve de nada porque la primera que no quiere novio es ella, así que por mucho que yo le baje la app y le enseñe a usarlas no lo va a hacer... Su vida es suya y sus sueños también. Ella tiene su propia carta al universo, la mía es solo mía. Mi consejo es que no pierdas el tiempo pidiendo por los demás, no funciona. Dicho lo cual, si alguien tiene un novio para mi madre... «Un padre para Briten», lo veo.

### 7. Si no sabes qué quieres no pasa nada

Hay veces que sabemos que queremos un cambio, pero no sabemos cuál. Cuando esto te pase, simplemente enfócate en cómo te quieres sentir. Por ejemplo, sabemos que queremos encontrar un *hobby*, pero no sabemos exactamente por cuál decantarnos. Seguramente sí sepas qué te apetece obtener de esta experiencia: conocer gente, ganar nuevos conocimientos, sentirte realizada, matar tiempo muerto cerca de casa, especializarte en un área nueva concreta... Los sentimientos son muy muy importantes en las cartas al universo, tanto si tienes claro lo que quieres como si no, porque la clave es buscar cómo te quieres sentir. El resto llegará de la forma que tenga que llegar.

Si te animas a escribir tu carta al universo, seguro que adaptas algunas cosillas y encuentras la forma de hacerla más tuya, y eso está bien. Por ejemplo, yo siempre escribo mi carta en el mismo cuaderno para así poder revisar qué se ha cumplido de años anteriores. *Spoiler*: casi el 80 por ciento de las cosas se cumplen. Además, me gusta escribirla en un sitio en el que se vea el mar porque me da paz y me equilibra. Por favor, ten en cuenta que estoy contando lo que yo hago, lo que he aprendido y lo que me funciona, que no tiene que ser lo que te funcione a ti. Cada uno con su pedrada, es bien.

Por último, necesitas saber que la clave para que este ejercicio funcione, el único elemento imprescindible, es confiar. Confiar ciegamente en que lo que has escrito, por muy imposible que parezca, se va a cumplir. Si no, te adelanto que nada cambiará. De hecho, haciendo un análisis de todas mis cartas al universo, puedo confirmar que las únicas cosas que no sucedieron fueron aquellas en las que no creía ciegamente. A día de hoy, si voy a escribir algo pero tengo un atisbo de duda, prefiero no hacerlo y volver a pensar tranquilamente qué cosas sí veo posibles.

De hecho, ha habido veces que he tardado en escribir mi carta porque no estaba convencida de lo que quería. Hasta que no pensaba bien qué quería, por qué y creía en ello ciegamente no empezaba a escribir. Gracias a esto, en el momento en el que termina la carta, cierro el cuaderno y sé a ciencia cierta que lo que pongo se va a cumplir. Otra vez: «No sé cómo, no sé cuándo, pero va a pasar».

## Escribe tu carta al universo

Con todo lo que te he contado, ponte manos a la obra y escribe tu carta al universo. ¡Pide por esta boquita! Reflexiona el tiempo que necesites y vuelve a estas páginas cuando tengas claro qué quieres conseguir.

*Fecha:* _ _ / _ _ / _ _

Querido universo:

### *El vision board o panel de los sueños*

Ahora que ya eres consciente del gran poder de la visualización y que te he convencido para que escribas una carta al universo (o eso creo), voy a llevarte un pasito más lejos: ¡es hora de que crees tu *vision board*! Para los fans de la RAE, también podemos llamarlo «panel de visualización» o «panel de los sueños». Se trata de un tablero en el que vas a poner tus sueños en forma de fotos, dibujos o ilustraciones. Yo lo utilizo como complemento a la carta al universo. Es decir, primero escribo la carta y, después, plasmo lo que he escrito en el panel de los sueños. Cuando creas que esta locura no puede ir a más, te equivocas. Darling, soy la Briten, ¿Qué esperas?

Si te estás preguntando qué sentido tiene repetir el mismo ejercicio con un formato distinto, la respuesta es fácil: ¿cuántas veces volverás a leer las mil hojas de carta al universo? En cambio, si lo sintetizas todo en un mural bonito y lo pones a la vista, tendrás un recordatorio cada día de tu vida de cuáles son tus metas y lo que quieres lograr. **Visualizar tus sueños te va a ayudar a no olvidarte de ellos** y a dirigir tus acciones hacia este objetivo para mantenerte enfocado.

En mi opinión, hacer el *vision board* sin haber hecho la carta antes no tiene sentido. Como te he contado, yo me emociono mucho al escribir la carta al universo, porque siento todo lo que escribo como si ya fuera real.

Después, cuando me pongo a crear el panel de visualización con fotos revivo esos sentimientos que describí en la carta (de ahí que sea tan importante que en la carta te explayes en cuanto a sentimientos se refiere), que se intensifican y se hacen aún más reales. Es como si al sumar las dos herramientas mis sueños cobrasen aún más sentido en la realidad.

De la misma forma que no hay una única manera de escribir la carta al universo, con el panel de los sueños también hay mil variantes. Si quieres investigar, tienes infinitos vídeos en internet con ideas. De todas formas, como este es mi libro (y obviamente he venido a hablar de mi libro), te cuento aquí cómo hago yo mi *vision board*.

### Compro un corcho o un lienzo del tamaño y forma que me guste

Lo primero, claro, es comprar la base sobre la cual harás el panel de los sueños. De todas formas, antes de escoger un tamaño, es importante que pienses dónde lo vas a colgar. Es vital que esté en un sitio bien visible y que, en función de si lo cuelgas en tu habitación, en el pasillo o en tu despacho, elijas el tamaño y el soporte que más te encaje. ¡Que ya te imagino comprándote un corcho XL y después guardándolo en el trastero porque no te cabe en casa! Dicho esto, si aun así crees que necesitas un lienzo grande, siempre puedes hacerle una foto luego para enmarcarlo y tenerlo en tu mesa, o ponértelo como fondo de pantalla del ordenador o del móvil. Si escoges un corcho, tienes más margen de modificaciones porque puedes quitar y poner con chinchetas lo que quieras. De todas formas, yo prefiero el lienzo porque me parece más limpio y *aesthetic*, y lo elijo muy grande porque dejo huecos en blanco para ir añadiendo nuevas metas.

### Elijo recortes para hacer un *collage* como fondo

Tengo la costumbre de hacer recortes de todo lo que cae en mis manos: revistas, periódicos, *flyers*, carteles, pegatinas, etc. También guardo un montón de fotos, fondos de imágenes que me gustan, ilustraciones… Con ello, para que el panel quede más bonito, utilizo estos recortes para crear un fondo y que así no queden huecos en blanco. Hay gente que le da pereza el momento recortes y por ello utilizan un papel pintado o papel de envolver estampado, otras directamente no cubren el fondo. Es completamente opcional y hagas lo que hagas estará bien.

### Vuelco mis sueños

Para volcar mis sueños utilizo de todo: los recortes de revista que ya te he contado, fotos originales y fotomontajes que hago en aplicaciones como Paint o Canva. También busco imágenes en Instagram que reflejen lo que he escrito en la carta y pongo mi cara encima o utilizo Pinterest, que es una maravilla para encontrar imágenes de lo más estéticas. Esta parte del proceso es muy importante porque no vale cualquier foto. Tienes que leer con atención la carta al universo y buscar imágenes que reflejen tu sueño de la forma más fiel posible. Tienes que poder sentir lo que has escrito y buscar aquello que te transmita esa *vibe* que quieres conseguir en el futuro

Por ejemplo, imagina que te quieres ir de vacaciones a Roma con tu novio, puedes buscar una foto de una pareja en Roma y poner vuestras caras sobre las suyas. O, si quieres comprar una casa, busca un anuncio de alguna inmobiliaria en la zona que te gusta y haz el recorte con la cantidad que quieres que te cueste. ¿Qué quieres pesar 67 kg? busca la foto de una báscula con este peso exacto. Cuando se trata de cifras, tienen que aparecer. En cambio, si se trata de cosas más abstractas, busca imágenes que signifiquen ese sentimiento que anhelas. A mí, por ejemplo, me encanta bailar sola y durante mucho tiempo utilicé una foto de Pinterest con una frase que reflejaba esa paz mental que me da bailar. No salía nadie bailando, no hice un fotomontaje, simplemente le di el significado que quería. Como ves, no hay una única forma correcta de hacerlo, la que a ti te funcione es la manera correcta. No importa lo que piensen los demás al verlo o la interpretación que hagan, lo importante es el sentimiento que le des tú y (especialmente) que te recuerde a aquello que escribiste en la carta.

Este ejercicio es muy divertido pero la búsqueda de estas imágenes no es moco de pavo, puedes tardar días en encontrar las fotos perfectas. Además, luego tienes que imprimirlas y recortarlas. Es decir, lleva su tiempo, pero merece la pena. Yo pego los ítems sin ningún orden, pero hay gente que los pega por «secciones» (salud, amor, familia, trabajo, amigos…). Vuelvo a lo mismo, lo que te sirva es bien.

Como guinda final, cuando ya tengo el *collage* finiquitado, añado frases inspiradoras de titulares que haya recortado de revistas. Tengo de todo, la verdad, desde «A la búsqueda de oportunidades», «Cualquier excusa es buena», «La sonrisa eterna», «Darán que hablar» y «Saca tu lado creativo». De nuevo, esto es opcional.

### Confío ciegamente que lo que plasmo se cumplirá

Todo aquello que dudes que vaya a pasar, mejor no lo pongas, ya que te adelanto que no sucederá. Además, nada pasa por casualidad, no se trata de creer que las cosas van a pasar porque tú hayas decidido hacer un *vision board*. No. Nosotros debemos hacer todo lo que esté en nuestra mano para que así sea con esfuerzo, trabajo y saliendo de nuestra zona de confort. De nuevo: «No sé cómo, no sé cuándo, pero va a pasar». Así que sí, la clave es la **confianza ciega en el proceso** pero acuérdate que solo le toca la lotería a quien juega.

B
Academy
LA ALEGRÍA
fiesta
Forbes
Aires de FIESTA
LO POLITICAMENTE CORRECTO ES UNA MIERDA.
MEJORAR LA CALIDAD DE VIDA
POCO SE HABLA!
EL ARTE DE DISFRUTAR
ELLE
WOMAN AWARDS
EL FUTURO ES ÚNICO
UNA HISTORIA DE ÉXITO
A NEW WAY OF DOING THINGS
FORBES
100 BEST IN FLU EN CERS
Forbes
27,6 MILLONES

## PREGUNTAS FRECUENTES

**¿Hay que verlo todos los días? / ¿Tiene que estar en un sitio visible?**

No tiene por qué estar a la vista de todo el mundo, pero sí que lo tendrías que colgar en un lugar donde tú lo veas a menudo. La finalidad del Panel de los sueños es recordarte tus metas, ¿así que de qué sirve si lo guardas en un cajón y no lo vuelves a mirar? A mí me gusta tenerlo a la vista (de hecho, lo tengo detrás de mi escritorio y en medio del salón) por dos motivos. Primero, porque me quedo embobada mirándolo, me vuelvo a emocionar por lo que viene, me doy cuenta de que hay cosas que ya han pasado, me vuelvo a emocionar porque me siento afortunada por lo que tengo... Me parece mágico. Segundo, porque me gusta que esté a la vista para enseñarlo y explicar todas las cosas que ya han pasado a la gente que lo ve. Como te digo, el 80 por ciento de las cosas se cumplen, así que es muy bonito mostrarlo.

**¿Tiene una fecha de caducidad?**

No es necesario poner una fecha límite en la que se tiene que haber cumplido lo que plasmas, eso lo decide cada uno. Habrá gente que cambie su *vision board* cada mes, cada año... En mi caso, no pongo fecha límite y voy añadiendo fotos siempre que quiero. Suelo cambiarlo aproximadamente cada 3-5 años, ya que para entonces muchas de las cosas se han cumplido y no queda hueco para nuevos objetivos. En cualquier caso, guardo todos los paneles como recuerdo y a veces los miro para ver todo lo que he conseguido. Sobre todo cuando estoy regulinchi, este ejercicio me recarga las pilas, es superempoderador y, por supuesto, muy emocional. ¿Acaso acabo llorando? Siempre. Pero de alegría. Es sanador.

### ¿Cuánto tardas en hacerlo?

De nuevo, esto depende de cada uno. Los primeros siempre te llevarán más tiempo, sobre todo en lo que se refiere a la búsqueda y la selección de las imágenes. Como todo en la vida, el tiempo que tardes en hacerlo dependerá del nivel de detalle que quieras tanto para seleccionar el fondo como para seleccionar las imágenes. El ritmo correcto es el de cada uno.

## CHULETA

- La ambición desmedida puede llevar a la insatisfacción, por lo que es clave que encuentres un equilibrio entre ser demasiado ambicioso o demasiado conformista. Crear planes realistas, reflexionar sobre tus logros o dejar de compararte con otros te ayudarán a no morir en el intento.
- La gratitud es una herramienta poderosa que nos ayuda a reducir la ansiedad y mejorar nuestro bienestar en general, ¡practícala ya de ya!
- Para alcanzar tus metas, tienes que confiar ciegamente en que las vas a conseguir. Esta confianza se puede canalizar con la visualización, que consiste en ver tus sueños como si ya se hubieran cumplido.
- Las dos herramientas claves de visualización para alcanzar tus sueños son la carta al universo y el *vision board*. En ambos casos, tienes que ser realista, pero, al mismo tiempo, soñar a lo grande. Plasma todos tus objetivos con el máximo detalle tanto en la carta como en el panel de visualización, y revísalos a menudo. Tarde o temprano, se van a cumplir.

# CUARTA PARTE
# VE EL VASO SIEMPRE MEDIO LLENO

La diferencia entre una persona con éxito y los demás no es la falta de fuerza o de conocimiento, sino más bien una falta de voluntad.

VINCE LOMBARDI

Ya que este libro es como abrir la caja de Pandora, tenía que hablarte de una de las etapas más duras de mi vida: el declive de mis abuelos. Al no tener padre, mis abuelos ejercieron como tal, por lo que tuve una relación muy estrecha con ellos. Siempre vivimos muy cerca, por lo que solía quedarme en su casa y, por supuesto, las vacaciones (al no tener que dividirnos) siempre eran con ellos. Sin duda, se volcaron conmigo cuando era pequeña, y el amor que nos teníamos era indescriptible. Creo que no he conocido todavía a nadie que haya tenido una relación tan cercana, bonita y entrañable como la que yo he tenido la suerte de vivir.

Debido a nuestra situación económica y a la necesidad de vender nuestras respectivas casas, en 2006 nos fuimos a vivir juntos: mis abuelos, mi madre y yo. Recuerdo esa etapa como un periodo agridulce, ya que, aunque me hacía muy feliz vivir con ellos y todo parecía estar «controlado», no acababan de asumir el fracaso económico que suponía tener que mudarnos juntos. Además, mi abuelo comenzó a tener síntomas de demencia senil. Dos años después y con infinitas deudas, no hubo más remedio que vender esa casa, ya con ambos bastante deteriorados física y mentalmente. Hace poco mi psicóloga determinó que esa vivencia supuso para mí la misma carga emocional que un desahucio. Tenía dieciocho años y era la cuarta vez que hacíamos una mudanza por temas económicos.

Mis abuelos ya estaban bastante mayores, así que el médico nos aconsejó no alejarlos de la zona para que no se desubicaran aún más. Por ello, les alquilamos un piso en el mismo barrio y mi madre y yo nos fuimos a vivir a un *loft* en pleno centro de Madrid, que mi madre había alquilado con opción a compra muchos años antes. Durante esa época teníamos que organizarnos para controlar que mis abuelos estaban bien y realizarles las tareas del hogar y los recados, ya que cada vez eran menos autosuficientes. Además, poco a poco su dependencia incrementó (sobre todo la de mi abuelo). Había empeorado bastante a nivel cognitivo y teníamos que asearlo nosotras. Fue una época muy dura porque mi abuelo no se dejaba cuidar y casi siempre le bañaba yo, que era la más fuerte, y él, debido a su enfermedad, se resistía, me pegaba y me insultaba. Es una herida que todavía hoy no está cerrada... Sentía mucha tristeza e impotencia. Además, mi abuela, que lo tenía que sufrir a diario, también estaba muy triste y comenzaba a tener problemas de movilidad.

Las desgracias nunca vienen solas. Tras una ruptura sentimental, un segundo cambio de universidad por falta de presupuesto y, ahora sí, un desahucio, nos fuimos a vivir de nuevo todos juntos. Como era de esperar, la compra del *loft* no se había podido hacer efectiva por falta de recursos, así que nos tocó una quinta mudanza. Esta etapa, aunque fue muy sacrificada porque el estado de mi abuelo fue de mal en peor, la recuerdo un pelín mejor, ya que fue en esos cuidados donde me di cuenta de la importancia del humor. Mi abuelo ya sufría de una demencia galopante y un principio de Alzheimer, por lo que no entendía bien dónde vivíamos («¿Cuándo nos vamos a Valdemanco?» —su casa de la sierra de Madrid que se había vendido hacía más de quince años—), quiénes éramos («¿y mamá?»—no sabía quién de las tres era quién, así que todas éramos mamá—) o en qué época vivíamos («¿Pero el presidente no era Aznar?»). Lo único que le hacía «volver» era gastarle bromas, ponerme pelucas, imitar voces, actuar, cantar… «¡Ay, la nena!», decía, con gesto de «está loca».

Dos años después, en 2015, mi abuelo falleció y, al tener una pensión menos, nos tocó volver a cambiar de casa. El alquiler era demasiado alto y al año nos tuvimos que volver a mudar. Sexta mudanza. Aquí yo decidí independizarme, pero en mi casa salían humedades, así que a por la séptima mudanza con una amiga. La cosa no salió bien y a los seis meses ya estaba de vuelta con mi madre y con mi abuela en una casa con una sola habitación. Octava mudanza. Mi abuela y yo en el cuarto y mi madre en el salón. Así hasta que mi abuela empezó a flaquear. Siempre diré que el destino me regaló la oportunidad de volver a vivir con mi abuela en sus últimos días, que recuerdo con cariño. La mimamos mucho dándole todo lo que el médico nos prohibía… ¿para qué íbamos a amargarle el poco tiempo que le quedaba? Que disfrutara de sus últimos días. Mi abuela nos dejó en 2019.

Si algo me enseñó este infierno es la importancia de cambiar el chip para no entrar en bucles negativos. Hubo muchísimos momentos en los que me sentía, día tras día, apática, vacía, triste, perdida, sin ilusión, cansada o sin motivación alguna. Cualquiera que haya pasado por algo similar sabe de lo que hablo. No caí en depresión, pero según los profesionales a los que he ido pasados los años, todas las circunstancias a las que me tuve que enfrentar me podían haber evocado allí.

Estoy convencida de que lo que me salvó fue intentar cambiar el chip y, para ello, utilicé una serie de herramientas conectadas entre sí. A veces las usaba todas a la vez, otras solo alguna, pero si algo he aprendido es que la una llama a la otra. Te presento el «círculo virtuoso» que me empujaba a cambiar el chip, el círculo vicioso más apetecible:

BUENA ACTITUD
ILUSIÓN
FOCO EN LO BUENO
NO DRAMA MAMA
HUMOR
OPTIMISMO

# LA BUENA ACTITUD TE LLEVARÁ LEJOS

Querer tener una buena actitud fue clave en los momentos de bajona, y lo sigue siendo a día de hoy, que por suerte mis circunstancias vitales han mejorado muchísimo. Es importante matizar la diferencia entre tener una buena actitud y querer tenerla, porque a veces la situación nos sobrepasa. Por supuesto, había días en los que no era capaz, no somos superhéroes, pero desde luego sí hacía por intentarlo.

Para mí, tener una buena actitud no es más que la fiel y constante predisposición a responder de manera favorable ante aquello que nos sucede, independientemente de las circunstancias. Control interno, serenidad, aceptación del contexto en el que estamos y conocimiento, son elementos esenciales en esto de la buena actitud, como bien sabían los filósofos estoicos, entre los cuales se encontraba el maravilloso Epicteto. Este filósofo griego, que vivió en Roma hace dos mil años, resulta que nos dejó algunos recados que vale la pena recordar: **«La clave para la felicidad y la tranquilidad con uno mismo está en saber distinguir entre lo que está bajo nuestro control y lo que no lo está».** Hay que recalcar que este señor nació siendo... ¡un esclavo! Así que, sin duda sabía cómo mantener la calma en situaciones de estrés (al final fue liberado). Epicteto enfatizaba que teníamos que cuidar de nuestra «libertad interior», ya que poco podemos hacer con lo que es externo a nosotros.

Al final, según la filosofía estoica, vivir tu vida es como bajar por un río: puedes decidir si bajas de cara, de espaldas, agarrado a un árbol... Pero bajar, ¡bajarás seguro! No hay opción de no bajar, eso está fuera de tu alcance. Así que lo mejor es que te lo tomes con una buena actitud, respondiendo con serenidad ante situaciones adversas. En ningún caso admito que esto sea fácil, porque si lo fuera todos tendríamos una actitud increíble y seríamos geniales, pero desde luego es una opción que podemos elegir voluntariamente. Incluso Epicteto, siendo un esclavo, eligió aceptar su condición de esclavo, preso de libertad, y sin opción de poder cambiar eso. No se trata de negar la realidad y de autoengañarse sin querer aceptar todo lo malo que nos rodea, simplemente se trata de vivir con la esperanza y predisposición continua a querer transformarla. Claro que el caso de Epicteto es muy extremo, ¡y hoy en día sería impensable semejante barbaridad! Pero incluso en una situación tan salvaje como la de ser esclavo, Epicteto nos diría que hay que mantener la calma, ya que poco más podrás hacer, y eso es lo que depende de ti y solo de ti.

Pongamos otro ejemplo. Imagina que llegas a tu casa después de un largo día de trabajo y te encuentras que la cocina está hecha un asco, ya que la noche anterior no la limpiaste: los platos sucios, vasos apilados en el fregadero, sartenes mugrientas en los fogones, y restos de comida en la mesa, y con la basura llena y sin sacar como *bonus track*. ¿Qué podemos hacer? Pues después de quejarnos, lo que tocará es aceptar la realidad: la cocina da asco. Por más que te enfades, eso no cambia. Es más, si no la limpias tú, nadie lo hará: eso es lo único que está dentro de tu poder y control. Así que, al final, si actúas con una buena actitud, acabarás por ver que lo mejor es limpiarlo todo cuanto antes mejor, y así tendrás tu casa más recogida y limpia, lo que te pondrá de mejor humor. Una vez lo hayas limpiado todo, te quedarás con mejor sabor de boca y con mucha tranquilidad interna.

Ya que una buena actitud puede verse amenazada por infinitos factores externos, te voy a dar varios ejercicios y trucos que creo que te ayudarán a mantener una buena actitud si los practicas de vez en cuando:

- **Sonríe a cinco personas de forma genuina**. También vale sustituir este ejercicio con un beso, un abrazo, un cumplido como «Qué guapo estás hoy» o «Qué gusto tenerte de compañero». Es un ejercicio recíproco porque harás más feliz al otro, pero a ti también. Lo ideal es que lo practiques a diario, aunque entiendo que al principio te puede costar más. Sin duda es el ejercicio que más práctico y el que he adoptado como costumbre. Estos gestos no solo mejoran el día de los demás, sino que también liberan hormonas que te hacen sentir bien y fortalecen tus relaciones sociales. Pruébalo en el trabajo, en casa o con tus amigos y familiares, y observa cómo la reciprocidad de estos actos de amabilidad crea un ciclo de positividad y bienestar para todos.

- Si aguantas **sin quejarte durante un día entero** verás que en el momento en el que ibas a quejarte de repente habrás encontrado o bien la solución para no enfocarte en el problema, o simplemente lo habrás dejado pasar sin dedicarle un minuto de tu tiempo. Además, te recomiendo que animes a los de tu alrededor a hacer lo mismo, ya que siempre es mucho más divertido trabajar en equipo. Incluso puedes plantearle el reto a un amigo o a tu pareja… ¡O mejor aún! En tu próxima quedada con tus colegas les dices: «Hoy nadie se queja; el primero que lo haga paga la próxima ronda». Imagínate la satisfacción que supone que tu amigo o amiga se acabe quejando y ganes tú. ¿Competitiva yo? No sé por qué lo dices.
- **Planifica al menos una actividad placentera**. Desde escuchar un vídeo de ASMR, un baño relajante o, en mi caso, vídeos de caídas. Lo sé, soy Lucifer, qué le voy a hacer. Te juro que ya puedes haber tenido el peor día de tu vida, que estos momentos son puro efecto placebo. Incluso, si estás pasando una mala

racha como la que pasé yo, llegarás al punto donde te apetecerá que llegue ese momento del día porque será tu ratito de desconexión y buen rollo (aunque sea a base de ver cómo la gente se cae de narices mientras va en bici). A nivel semanal o mensual también puedes proponer hacer planes divertidos como ir a ver un monólogo, salir a tomar algo o cualquier actividad que sepas que te pone de buen humor pase lo que pase.

- **Échale un cable a alguien**. Prestarle nuestra ayuda a otra persona no solo beneficia a la persona que recibe la ayuda, sino que también tiene un impacto positivo en quien la ofrece. Numerosos estudios han demostrado que los actos de bondad pueden elevar nuestros niveles de felicidad, reducir el estrés y fomentar un sentido de conexión y propósito. Al convertir la bondad en un hábito diario, podemos contrarrestar el individualismo y contribuir a la creación de una sociedad más solidaria y empática. ¿Cómo? Simplemente ofreciendo nuestra ayuda a quien creamos que la necesita o brindándosela cuando nos la pida, haciéndole un favor a un compañero, cediendo nuestro asiento en el transporte público, comprando algo de comer en el súper a la persona que está pidiendo dinero fuera… Parece que no, pero ayudar a los que nos rodean es mucho más fácil de lo que creemos.
- **Fomenta la escucha activa**. Tenemos la tendencia de planear nuestra respuesta a medida que nos hablan, e incluso a veces llegamos a caer en eso tan

feo de cortar a la otra persona y dejarla con la palabra en el aire. Eso ocurre porque tenemos una sed insaciable de contar nuestro punto de vista, y de demostrar que el nuestro es mejor que el de nadie. En vez de seguir con este comportamiento, recomiendo que intentemos concentrarnos en escuchar de verdad lo que nos cuentan, sobre todo centrándonos en los puntos positivos de aquello que nos están explicando. No solo porque es la única manera de mantener una buena charla con alguien, sino también porque puede que incluso aprendamos algo nuevo o nos hagan un comentario que nos ayude a redirigir nuestro punto de vista sobre algún asunto.

# PARA CUMPLIR TUS ILUSIONES, ILUSIÓNATE

Tener ilusiones es de las pocas cosas que nos distingue de los animales. Somos la única especie que puede crear imágenes de su propio futuro, soñar de manera esperanzadora con que algo cambie, o figurarnos cómo podría llegar a ser la realidad si hiciéramos tal o cual cosa. La verdad, no hacerlo es desperdiciar una excelente oportunidad para dejar brotar nuestros propios deseos e inquietudes. ¿Cómo era eso que decía? ¿«Sueña a lo grande», no? Porque soñar es sinónimo de tener inquietudes y de querer hacer cosas en la vida, lo que quiere decir estar activos y vivos y aprovechar nuestro momento. Eso otro que decían era que «Vida no hay más que una», ¿no? Pues eso, **sueña que es gratis.**

Habrá mucha gente que no le encuentre sentido a tener deseos, ilusiones o sueños y que se lo ha prohibido a sí mismo por considerarlo una pérdida de tiempo. Al no dar resultados INMINENTES, lo consideran un acto inmaduro y piensan: «¿Para qué voy a ilusionarme si sé que esto no se va a cumplir y voy a acabar sintiéndome peor?». Esto tiene un nombre y se llama «pesimismo defensivo»: muchas veces adoptamos una actitud pesimista para protegernos de una amenaza en forma de decepciones o fallos. Es por esto que tenemos tendencia a anticipar lo peor en las situaciones y a tener expectativas negativas sobre el futuro: simplemente, no queremos desilusionarnos. Y esto le pasa a todo el mundo, es algo natural; pero claro, el problema es que entonces autosaboteamos nuestros propios sueños y, por lo tanto, dejamos de hacer planes y de vivir nuestra vida. Este pesimismo defensivo nos evita tomar riesgos, y nos empuja a reducir nuestras expectativas para evitar sentirnos heridos o desilusionados.

Cuando actuamos así, no nos damos cuenta de que **el sentido de ilusionarse no está en el resultado en sí, sino en el propio proceso.** Está científicamente demostrado que al ilusionarnos nuestro cuerpo desencadena un efecto hormonal que segrega hormonas asociadas con la felicidad. Hormonas como la serotonina, endorfinas y dopaminas que automáticamente nos hacen sentir mejor y que además tiene un efecto curativo en nuestro cuerpo. La relación entre la ilusión y las hormonas asociadas con la felicidad ha sido objeto de interés en la investigación científica durante las últimas décadas. Estas hormonas están involucradas en la regulación del estado de ánimo, la sensación de placer y la reducción del estrés, lo que contribuye a una sensación general de bienestar. Pero cuidado, ¡no estoy diciendo que el hecho de ilusionarse tenga propiedades curativas ni nada parecido! Si alguien padece una enfermedad y necesita una cura, ¡para eso están los médicos, que son los que saben! Lo que digo, respaldándome en evidencia científica, es que mantener un estado de ánimo positivo puede tener efectos beneficiosos en la salud física y emocional; no hay que subestimar el poder de las emociones positivas (ni negativas) en la promoción de la salud y el bienestar. Y, de manera contraria, también te digo que si te invaden constantemente emociones negativas... Pues me temo que tu salud física y emocional también se verá afectada.

Todo esto te lo cuento en primera persona. La ilusión me ha salvado en momentos críticos. En concreto, durante la universidad. En 2010 todavía seguíamos arrastrando las consecuencias de la crisis de 2008 y, para los que son de mi generación, había muy pocas salidas profesionales. Ni siquiera había opciones de hacer prácticas, y menos en sectores relacionados con la comunicación, ya que era lo primero que se recortaba como gasto en las empresas. De encontrar prácticas, estas eran sin cobrar y para renovarlas tenías que seguir matriculada en la universidad o en algún curso para conseguir que te las convalidaran, y al menos así ganar experiencia. Literalmente, pagabas para trabajar y, si tenías mucha experiencia, estabas «sobrecualificado». Un desmadre.

Ya que el panorama español era desolador y en mi casa la situación era dramática, me empeñé en encontrar trabajo fuera. Una amiga de la universidad tenía una hermana que en ese momento estaba trabajando como compradora textil en Turquía, donde aparentemente había mucho trabajo del estilo. A nosotras nos ilusionaba pensar que había una mínima esperanza de salir de aquí y labrarnos un futuro mejor. Me acuerdo de que cuando le comentaba a mi novio de entonces cómo íbamos a postularnos para aquellos puestos, que nos iban a conseguir una entrevista, que había muchas opciones y todo eso, él se dedicaba a arrancarme la ilusión a base de baños de realidad. Que si no tenía experiencia, que si no había estudiado nada relacionado con ese trabajo, que si había mucha competencia, que si tendría que irme fuera a vivir con lo que aquello implicaba a nivel familiar y personal... Vamos, todo lo contrario a un refuerzo positivo. Claro que sabía que el panorama estaba jodido, pero qué se suponía que tenía que hacer, ¿encerrarme en casa? La ilusión era mi única vía de escape ante la mierda de vida que tenía.

Solo quería aferrarme a la única solución que veía factible, a la única ilusión que tenía para alejarme de lo mal que lo estaba pasando. Tampoco había que ser Einstein para darse cuenta. **Así que dejé la relación, cogí mis ilusiones y aposté por ellas.** Me prometí a mí misma que nunca dejaría que nadie marchitara mis ilusiones. Y nunca ha vuelto a pasar.

Según múltiples estudios la capacidad de soñar es una característica fundamental de personas exitosas y felices, así como uno de los indicadores de tener una buena salud mental. Imaginar, ilusionarnos, desear, soñar es darle la oportunidad a tu cerebro de interpretar lo que piensas como si de una experiencia real se tratase, ayudándonos a cambiar patrones de pensamiento inútiles (¿te acuerdas de ellos?) por otros más optimistas y útiles. En mi caso, olvidarme del presente y centrarme en ese futuro prometedor, esperanzador y favorable fue resultado de un cambio en el patrón de pensamiento y el reflejo de adoptar una actitud optimista y que diera frutos. Tener la capacidad de soñar e ilusionarnos por los pequeños detalles nos permite sumergirnos en el mundo en el que somos felices de verdad, nuestro mundo imaginario.

**Pase lo que pase, ilusiónate.**

## Congelaciones

Estamos de acuerdo en que hay veces en que la situación nos supera, pero hay otras en que lo malo y tóxico de nuestras vidas tiene nombre y apellidos. Ya se te están viniendo unas cuantas iniciales a la cabeza, que lo sé yo. Un truco infalible, una herramienta altamente efectiva que sirve para alejar para siempre a alguien de nuestras vidas o para mejorar una relación existente de quien nunca va a desaparecer de las mismas. Por ejemplo, tu suegra. Uy, de repente esto se pone interesante.

### Congelación *Forever*

Imaginemos qué personas de nuestro entorno queremos fuera de nuestra vida para siempre. Gente que no queremos volver a ver nunca más, que deseamos que desaparezcan de nuestras vidas y que nunca más tengamos que volver a ver. Amigos o conocidos tóxicos, exparejas que no queremos volver a ver o socios laborales que prefieres no volver a encontrarte jamás. Te digo cómo hacerlo sin marcarte un Daniel Sancho:

1. Coge un bote de cristal y llénalo de agua.
2. En un papelito, pon sus nombres y apellidos en dicho bote.
3. Mete el papelito en el bote y ponlo en el congelador.

**Congelación Dulce**

Imaginemos que por mucho que queramos tenemos gente a nuestro alrededor que nos hace la vida literalmente imposible. En este caso, son muy frecuentes las suegras, las cuñadas, los compañeros de trabajos y/o jefes. Cuando se trata de gente a la que estás atada y de la que no te puedes librar, la única opción que tienes para que tu relación con esa persona mejore es congelarles con azúcar. En estos casos, la persona no desaparece sino que por arte de magia pasa a ser encantadora contigo. El método es el siguiente:

1. Coge un bote de cristal y llénalo de agua.
2. En un papelito, pon sus nombres y apellidos en dicho bote.
3. Mete el papelito en el bote, añade azúcar y ponlo en el congelador.

## Preguntas frecuentes

**¿Se pueden meter a varias personas en un bote?**

Siempre y cuando sean del mismo tipo de congelación, sí. Pero si uno es para eliminar de tu vida y el otro para mejorar la relación, deben ir en botes separados.

**¿Cada cuánto hay que congelar / descongelarles?**

Yo recomiendo que una vez se congele, no descongelar jamás para evitar problemas. En mi caso, congelé a dos personas cada una con un tipo de congelación. Antes de verano El Alto limpió el congelador, sin saber que su mujer tenía a gente congelada en casa. ¿Sabía que su mujer estaba loca? Sí. ¿Tanto? No. En 24 horas, a la que tenía congelada sin azúcar (para que desapareciera para siempre) cuya casa estaba en frente de mi oficina (literalmente) y llevaba sin ver más de un año aun teniendo amigas en común, me la encontré de frente. Pero para más inri, a la compañera de trabajo que congelé con azúcar porque me hacía *bullying* volvió a ser Satanás, todo el mismo día. Cuando llegué a casa y descubrí que el culpable de todo era El Alto, congelé de nuevo y volvió todo a su cauce.

**¿Esto es magia negra?**

Pues la verdad, no he hecho primero de Harry Potter, por lo que no sé hasta qué punto esto podría considerarse vudú. Si tengo que ir al infierno, «bajarem».

¿Y sabes cuál es otro truco para ilusionarte? La apertura emocional, es decir, compartir tus sueños con personas de confianza. Lo que yo intentaba hacer con mi exnovio con lo de la ropa turca, vaya. Resulta que **hablar sobre tus esperanzas y tus sueños con tu entorno ayuda a que esas expectativas se sientan más reales y alcanzables.** Es como cuando alguien quiere dejar de fumar y se lo dice a todo el mundo. En parte, lo hace para sentir esa «presión pública», que hará que no tire la toalla. Sus amigos estarán pendientes de sus progresos y no quiere desilusionarlos. Pero también, se recomienda porque el solo acto de verbalizar un objetivo solidifica el compromiso. Decir en voz alta tus ilusiones hace que te lo tomes más en serio, es decir, que te ilusiones más. Confesemos: somos así, nos gusta escucharnos, y, al escuchar nuestras propias palabras, internalizamos y reforzamos nuestro compromiso con esas metas.

¿No te ha pasado nunca que tienes algo en la cabeza, pero que está como a medias, como si fuera un esbozo parcialmente hecho y que necesitas darle una vuelta y acabar de pulir? ¿No te pasa que cuando se lo cuentas a alguien y empiezas a ponerlo en palabras, se vuelve todo más claro y ordenado? Pues lo mismo ocurre con tus metas e ilusiones: más allá de que compartir tus sueños con tu gente es un gran refuerzo positivo, cuando las verbalizas y las plasmas en palabras se vuelven más reales, cogen una forma definida, específica, y se vuelven plausibles; es entonces cuando te crees tus propias ilusiones.

El lenguaje tiene este poder, ya sea oral o escrito. Y para ello sirve cualquier excusa y momento, no hace falta que estés durante tres cuartos de hora hablándole a tu compañera de yoga sobre tus planes de futuro con todo lujo de detalles; con que le dediques cinco minutos a contarle lo que te ronda por la cabeza, será más que suficiente. Si no, otra cosa que resulta muy útil es verbalizarlo por escrito: cuéntatelo a ti mismo. Ya sea en el tren de vuelta del trabajo anotándolo en las notas del móvil, en una libretita el domingo por la tarde, o en tu ordenador mientras estás desayunando: **escribe tus sueños de una vez.** ¿Aún te quedan excusas para no hacer la carta al universo?

## Comparte tus ilusiones

¿Te dan vergüenza tus sueños? Perdón por lo que voy a decir, pero te jodes. Es hora de que los compartas con el mundo, ¡ya verás como esto te aporta un plus de ilusión! Piensa en cinco personas de confianza a las que les vas a contar un objetivo personal del que hasta ahora no les habías hablado, y anótalo aquí:

1. ..........
2. ..........
3. ..........
4. ..........
5. ..........

# PON EL FOCO EN LO BUENO

El sentido que yo le doy a lo que sucede en mi vida es lo que marca la diferencia entre alguien triste o alguien feliz. Es como la teoría del vaso con la mitad de agua, hay quien lo verá medio lleno y quien lo verá medio vacío. El que lo ve medio lleno no se preocupa por la falta de agua, es consciente de ello, pero en vez de lamentarse o desesperarse agradece poder disponer del agua que queda y busca cómo volver a llenar el vaso. Tú decides dónde poner el foco. El que lo ve medio vacío, seguramente no será capaz de disfrutar ni de medio vaso de agua. Ya lo decía el bueno de Epicteto (soy bastante fan, como puedes comprobar):

**Lo que importa no es lo que te sucede,
sino cómo reaccionas ante lo que te sucede.**

Soy de esas personas que antes de bloquearse piensa en cómo buscar una solución. No creo que sea mérito mío, la vida me ha empujado a ello, a tirar para adelante, a buscar una salida. Si algo he aprendido es que **no hay mal que por bien no venga**, que al mal tiempo buena cara y que si quieres algo tienes que salir a buscarlo. La queja, el lamento y la pena, cuanto menos, mejor, porque ninguna de las tres van a hacer que tu situación cambie. No estoy diciendo que no las sufra, aunque sea una iluminada también soy humana y lloro. Joder (con perdón), que si lloro. Pero ya puedo llorar como una magdalena que la parálisis no es una opción, así que, si veo que llega, intento cambiar el chip. Ni queja, ni lamento ni pena. A poner el foco en lo bueno.

Hay una cosa que aprendí gracias a Marian Rojas, que es lo que se conoce como el Sistema Reticular Ascendente. Este sistema es una compleja red neuronal que se ubica en nuestro cerebro, concretamente en el encéfalo, y que es clave para mantenernos despiertos y alerta, ya que nos ayuda a mantener nuestra atención hacia estímulos externos. En otras palabras: es el filtro que utiliza nuestra mente ante la avalancha de información que recibe constantemente. El cerebro se detiene en aquella información que tiene que ver con tus objetivos y metas dejando sin procesar el 99,9 por ciento de información que nos rodea, esas sobras que nos incordian y nos molestan, vamos. Un ejemplo muy claro es cuando estás en el coche y juegas a buscar coches de un único color, modelo o marca. Coche rojo… y de repente solo ves coches rojos. Este ejercicio es aplicable a todo en la vida y te animo a que lo practiques. El problema de este sistema es que, si no sabes lo que quieres, tu cerebro no sabe qué buscar y, por tanto, no te muestra lo que necesitas. La mente atrae aquello que uno quiere ver, por eso es importante que te centres en lo bueno.

Por ello no es casualidad que, si nuestro filtro es positivo y se centra en buscar oportunidades, estas sucedan porque inconscientemente las provocamos. El poder de la ley de la atracción, amiga. Podríamos decir que esta ley (tan famosa entre los amantes de lo místico, las filosofías *new age* y de la sección de autoayuda de cualquier librería) es la creencia de que nuestros pensamientos y emociones tienen el poder de atraer a nuestra vida aquello en lo que nos enfocamos. Este concepto se hizo especialmente conocido tras el lanzamiento del libro *El Secreto*, de Rhonda Byrne, a través del cual yo conocí este término y que considero de lectura obligatoria. A día de hoy, a veces juego a «disfrazarme» de imán para así atraer todo lo que quiero. Es decir, no es que me disfrace literal, estoy loca pero no tanto. Lo que hago es definir muy muy bien lo que quiero en mi vida (con las herramientas que ya te he enseñado) e imaginarme que viene a mí, que mi banda magnética logra atrapar todo aquello que estoy manifestando.

¿No te pasa que muchas cosas que te ocurren crees que son casualidades? Pues te recomiendo que le des una vuelta, y verás que no es tanta casualidad. A mí me ocurren mil situaciones que podrían interpretarse como casualidad, pero cuando las casualidades pasan a diario... qué quieres que te diga. Está demostrado que si nos enfocamos en lo negativo (qué difícil, no soy capaz, no lo voy a conseguir) el flujo de sangre de la zona que resuelve los problemas en el cerebro disminuye y, por lo tanto, nos limita, ya que el cerebro se prepara para bloquearse y no nos muestra una solución. Por otro lado, si nos enfocamos en lo positivo respondemos mejor a las circunstancias que se nos presentan, ya que el cerebro buscará la solución al tener mi foco en ello. Es decir, **la actitud y los pensamientos previos ante cualquier situación determinarán cómo respondo a ella.**

En este sentido, una herramienta clave que hemos mencionado a lo largo del libro es el agradecimiento. Ser agradecido es una actitud precursora de la felicidad, ya que **no estás agradecido porque eres feliz, sino que eres feliz porque estás agradecido**. Ya hemos hablado de esto, pero la próxima vez que sientas que el mundo está en tu contra, intenta hacer una lista (puede ser mental) de cosas por las que estás agradecido. Puede ser algo tan simple como el aroma del café por la mañana (idea no patrocinada), el canto de los pájaros (aunque a veces empiecen a cantar demasiado temprano), o un vídeo de @elshowdebriten (la autopromo siempre es bien). Practicar la gratitud es como tener una lente mágica que te ayuda a ver la vida con menos dramas.

Así que, adelante, agradece a tu tostadora por no quemar el pan esta mañana, a tu perro por mirarte con esos ojos de «tú eres mi humano favorito» y a tu reflejo en el espejo por ser un recordatorio constante de lo increíble que eres. Recuerda, ser agradecido no es solo una elección, es una fiesta diaria de minicelebraciones que pueden transformar tu vida en una serie interminable de momentos felices. ¡Y eso, amigo, amiga, es algo por lo que debemos estar agradecidos!

# DESDRAMATIZA EN 3, 2, 1

Si algo aprendí de las vivencias que te he contado antes, es que la vida ya es bastante complicada como para que nos la compliquemos más. Para ello es clave aprender a darle a las cosas la importancia justa, y así evitaremos ahogarnos en un vaso de agua y estresarnos de más.

En el pódcast *Poco se habla!*, con Xuso Jones, siempre decimos «valórate» tanto a nuestros invitados como a nosotros mismos, pero no hay nadie más autocrítico que yo conmigo misma. Repaso casi de manera enfermiza todas las posibilidades de todo lo que hago antes, durante y después de hacerlas. ¿Lo habré hecho bien? ¿Debería haberlo hecho así? ¿Y si no lo hubiera hecho, hubiera sido mejor? ¿Qué debo hacer ahora? ¿Por qué? Ella, perfeccionista (y un poco cucú, para qué vamos a engañarnos).

Así que voy a darte varias herramientas que me ayudaron en su momento y que a día de hoy utilizo a diario para que te agobies menos y te des cuenta de que nada es tan importante. Te permitirán rebajar tus niveles de dramatización y dejar los agobios *out of service*. Verás que son diferentes entre sí y algunas puede que te resulten más útiles que otras, e incluso alguna ya la estarás utilizando sin darte cuenta. Te invito a que juegues con ellas, a que las apliques en tu día a día sin miedo a que parezca ridículo.

## Pregúntate compulsivamente: «¿Y qué?»

Te ayudará a darte cuenta de que hacemos un circo de cosas que realmente no tendrían por qué tener ninguna trascendencia y que siempre intentamos culpabilizar al de al lado o a nosotros mismos. De verdad, no pasa nada. Imagina que eres el protagonista de tu propia telenovela, y el café se derrama sobre tu camisa blanca impoluta justo antes de una reunión importante. ¡Qué desastre! Pero espera, pregúntate: «¿Y qué?». A menos que tengas una cita secreta con la Reina de Inglaterra, probablemente nadie va a recordar tu accidente cafetero en 24 horas. Haz de la pregunta «¿Y qué?» tu mantra, como si fueras un gurú zen del «me importa un comino». Al final del día, la mayoría de las cosas que nos estresan y nos frustran no son tan importantes como pensamos. Al preguntarte «¿Y qué?», te conviertes en un detective del drama, desmantelando cada escena exagerada con la astucia de Sherlock Holmes pero con el humor de un comediante. Así que la próxima vez que te encuentres a punto de montar un circo mental por algo trivial, respira profundo, suelta el látigo y pregúntate: «¿Y qué?». Descubrirás que la vida es mucho más ligera y divertida cuando no te lo tomas todo tan en serio.

## Filosofía *Shit happens*

Me leí un libro de Rafael Santandreu (*Las gafas de la felicidad)* que me ayudó a entender que damos por sentado que la vida tiene que ser fácil, pero la realidad es que **tener suerte es no tener mala suerte**. Todos tenemos problemas, a todos nos pasan cosas malas porque literalmente: *SHIT HAPPENS*. Vivamos aceptando lo irremediable, intentando mejorar lo posible, sin frustrarnos. En lugar de frustrarnos, ¿por qué no adoptar la actitud de un guionista de comedias? Cuando algo va mal, piensa: «Esto será una gran historia para contar en la cena». Después de todo, nadie quiere escuchar sobre tu día perfecto sin incidentes, pero todos se reirán cuando cuentes cómo accidentalmente enviaste un mensaje inapropiado al grupo de chat del trabajo. Ups: *SHIT HAPPENS*.

## «Si mañana me muero... ¿Esto realmente importa?»

No te vayas a dormir rumiando sobre algo que te coma la cabeza, antes de acostarte piensa sinceramente si en el lecho de tu muerte te habrá compensado dedicarle energía y tiempo a este problema. La respuesta casi siempre es rotunda: claramente no. Piensa en tu cama como en una cápsula del tiempo. Antes de arroparte por la noche, hazte la gran pregunta: «¿Si mañana no estoy aquí para verlo, esto realmente importa?». Te sorprenderás al descubrir que, la mayoría de las veces, la respuesta es un rotundo «¡Claro que no!». Los pequeños dramas del día a día se desvanecen cuando eres consciente de que el mundo seguirá girando sin tu intervención inmediata.

**¡Extra, extra!**

¿Sabes qué es el *memento mori*? En la Antigua Roma, tras los triunfos militares, los generales desfilaban victoriosos por las calles de la ciudad en carros, seguidos de cerca por un siervo que sostenía la corona de laurel mientras les susurraba una y otra vez: «*memento mori, memento mori…*» («recuerda que vas a morir» en latín). Este ritual pretendía que al general no se le subiera la victoria a la cabeza y recordarle su propia mortalidad y la transitoriedad de cualquier triunfo.

El *memento mori* nos recuerda que la vida es frágil y preciosa y que, por lo tanto, no debemos malgastarla en lo trivial y vano. Al contrario de lo que podemos pensar, la muerte no vacía de sentido la existencia, sino que le da propósito. Solo con tener presente que algún día (esperemos que dentro de muchísimo) moriremos, empezamos a enfocarnos en lo que importa de verdad, en perseguir oportunidades para dejar una huella significativa en este mundo.

## «Mañana será otro día»

Hay días que todo lo anterior no funciona porque somos incapaces de cambiar el foco de nuestros pensamientos. Así que, como último recurso, nos damos el lujo y el permiso de estar mal hoy, sabiendo que mañana intentaremos tener otra actitud más positiva y que quizás el tiempo haya hecho que veamos las cosas de otra manera.

# RÍETE DE TODO Y, SOBRE TODO, DE TI MISMO

Si hay algo que sin duda me ha ayudado siempre es reírme de lo que me está pasando. De alguna manera, encuentro en el humor la posibilidad de transformar la realidad e incluso de sanar a otros y a mí misma en momentos duros. Cuando mi abuelo estaba muy enfermo y deteriorado a nivel cognitivo, le decía: «Don Álvaro, buenos días, soy su enfermera. ¿Cómo quiere que me llame hoy? la única condición es que empiece con la letra A». He sido Alejandra, Aitana, Adela, Adriana, Alba, Alicia, Almudena, Amalia… Pocas veces Ana, pero ¿qué más da?, era un juego y a él le divertía. **Podía llorar a diario pensando que mi abuelo no se acordaba de mi nombre o decidir entrar en su universo**, fuese el que fuese ese día.

Está demostrado que la risa y el humor tienen efectos terapéuticos en la salud, ya que activan la liberación de endorfinas y reducen los niveles de cortisol, lo que de forma natural actúa como un analgésico, disminuyendo niveles de estrés y ansiedad. Es un liberador de tensiones y preocupaciones que nos ayuda a ver la vida desde una perspectiva más ligera, más creativa y a afrontar los desafíos con mayor resiliencia. ¡Por algo existe la risoterapia! En mi caso, me ayuda a relativizar: si me río de mí misma me doy cuenta de que todo pasa y de que nada es tan importante.

Además, al generar y fortalecer conexiones sociales el humor fomenta la empatía y el sentido de comunidad y facilita la comunicación haciendo que en situaciones tensas pueda disminuir la tensión. Por ello, no solo nos ayuda a nosotros mismos, sino que mejora nuestras relaciones con los demás. ¿Cuántas veces, en medio de una discusión acalorada, alguien ha soltado una chorrada y automáticamente el ambiente se ha destensado? ¿A quién no le ha liberado una buena broma en un momento triste o inoportuno? Yo en esto soy Cum Laude.

Si consideras que no tienes sentido del humor, tampoco pasa nada, no todos somos *El Show de Briten*. Si ese es tu caso, te recomiendo que lo busques. Puedes rodearte de personas vitamina, como las llama la psiquiatra Marian Rojas, que son aquellas que te transmiten su buen rollo y optimismo, con las que te tomas un café y te hacen olvidar todos tus problemas, con quienes te partes de la risa porque son un circo… O también puedes buscar series, pelis y monólogos que te hagan reír. Me quedé impactada cuando leí el libro *Anatomía de una enfermedad*, del periodista y político Norman Cousins. En él, cuenta en primera persona cómo superó un cáncer gracias, en parte, a las comedias de los hermanos Marx que se ponía en el hospital. Como anécdota, aparte de recuperarse, lo echaron del hospital porque no dejaba dormir al resto de los pacientes con su risa. Pon a un Norman en tu vida.

En definitiva, utiliza el humor porque el humor es vida y es juego, y ya te he dicho muchas veces que aquí hemos venido a jugar. Si a pesar de conocer sus beneficios te cuesta que «te salga», te propongo el siguiente ejercicio.

### Ríete de ti mismo

Piensa en una situación muy vergonzosa que hayas protagonizado, una de aquellas escenas que repites en tu cerebro una y otra vez y que te ponen nerviosa cada vez que las recuerdas. Seguro que en algún momento has soltado un comentario superinapropiado y luego has pensado «tierra trágame», o te has resbalado o dado de bruces de una forma graciosísima, o simplemente has sido una gafe y te has dormido, se te ha estropeado el móvil y has llegado tarde a una cita importante, todo al mismo día. ¿Lo tienes?

Ahora, vas a ponerte el sombrero de guionista de una sitcom o de monologuista y vas a imaginarte que tienes que hacer reír al público con tu anécdota. Explayate en los detalles más vergonzosos, piensa en qué orden lo vas a contar para que sea más sorpresivo, mete chistes y alguna interpelación al público (tipo «decidme que no soy la única que...»). En definitiva, escribe la anécdota más vergonzosa de tu vida como si fuera un número de humor. Te dejo espacio para que tomes apuntes (si encima luego te animas a representarla, con gestos y aspavientos, tienes mis dieces):

# ¡ARRIBA EL OPTIMISMO!

Se confunde mucho el optimismo con una idea tóxica y *new age* de que si lo piensas lo atraes. Hombre, si lo piensas, lo trabajas, lo luchas y lo persigues lo atraes; ya puedes pensar que algo va a pasar que, sin acción, todo va a seguir igual. Para que las cosas sucedan hay que salir a buscarlas. Ser optimista no es más que la búsqueda de soluciones cuando las hay y la práctica de la aceptación cuando no.

El optimismo va de la mano (como todo lo anterior) de pensamientos positivos. Se ha demostrado que tenemos la capacidad de reprogramar nuestra mente cambiando nuestros patrones de pensamientos. Como ya he comentado, **no son las circunstancias externas las que nos hacen más felices, sino nuestra interpretación de lo que nos sucede** lo que nos puede acercar a ese objetivo. Como decía Ramón y Cajal «Todo ser huma-

no, si se lo propone, puede ser escultor de su propio cerebro».

Una de las claves para desarrollar el optimismo es trabajar el autocontrol y el autodominio de nuestra voz interior evitando pensamientos negativos y autodestructivos que pueden boicotearnos y hacernos fracasar antes incluso de haberlo intentado. En neurociencia, nuestra voz interior, que lamentablemente está activa 24 horas/ 7 días a la semana, se la conoce por «Red neuronal por defecto». Fue gracias a un experimento realizado por el investigador Marcus Reich, quien al poner a varias personas en máquinas de resonancia y pedirles que no pensaran en nada, que se descubrió que seguía habiendo actividad cerebral de forma automática y constante. Dicha actividad cerebral tiene un impacto directo en nuestra salud en función de si la voz con la que nos hablamos es positiva o negativa. Aunque nuestros pensamientos negativos no se asemejen a la realidad (como «No valgo para nada», «No soy suficiente», «Todo lo hago mal»), como nuestro cerebro no distingue entre una amenaza real y una imaginaria, interpreta nuestros pensamientos como si estuviera sucediendo algo. Esto hace que liberemos la hormona del estrés, el cortisol, que puede producir cambios físicos, psicológicos y de conducta tanto inmediatos como a corto y medio plazo. De la misma manera, si nuestros pensamientos son positivos, se liberan hormonas relacionadas con la felicidad, como la oxitocina o las endorfinas, lo que reduce el nivel del malvado cortisol.

Es más, nuestra voz interior está directamente ligada a nuestra autoestima y a la forma de enfrentarnos a los problemas, retos y alegrías. Por ende, saca nuestra mejor o peor versión y nos ayuda a ser dueños (o no) de nosotros mismos. Es más, se ha demostrado científicamente que si yo me hablo mal, asumo que las personas me tratan peor y, por lo tanto, percibo mi entorno como un lugar hostil; y, de lo contrario, tener pensamientos positivos hace que conciba mi entorno como un lugar en el que me siento seguro y donde hay mil oportunidades.

Para romper con este circuito tóxico en el que nos castigamos sin parar con nuestra autopercepción, tenemos que analizar si hay algo que podamos empezar a cambiar para hablarnos mejor. Tenemos que tratarnos con compasión y entender que lo que nos decimos repercute de forma negativa en nuestra vida. Un truco para cambiar esta dinámica es añadir frases o palabras que cambian aquello que nos decimos. Por ejemplo, si me digo a mí misma «Soy poco comunicativa», añado un «Pero estoy aprendiendo a serlo» o un «Pero estoy en el camino para mejorar». De esta forma, reemplazo lo tóxico con algo sano y compasivo.

## CHULETA

- La buena actitud es clave para afrontar circunstancias difíciles. Se trata de controlar lo que está bajo nuestro control y de aceptar lo que no lo está.
- ¡Tener ilusiones es esencial si queremos un futuro mejor! Que no te frene el pesimismo defensivo.
- Aceptar lo negativo y buscar soluciones en lugar de lamentarnos nos permite avanzar y encontrar oportunidades.
- Si nos enfocamos en lo positivo, gracias a la ley de la atracción tenemos más posibilidades de que se cumpla.
- Agradecer nos hace felices. Da las gracias, no cuesta nada.
- Aprender a desdramatizar no es moco de pavo, si aplicas la filosofía *shit happens* podrás dormir más tranquilo.
- El humor es mágico porque nos permite transformar la realidad. Un día nefasto hoy es un día digno de contar en la cena con amigos de mañana.
- Acalla esa voz en ti que se habla mal y empieza a hacerlo de forma compasiva.

# QUINTA PARTE
# SORTEA LAS PIEDRAS EN EL CAMINO

Coge los retos, conviértelos en regalos y busca el lado bueno de las cosas, porque quizás en esa búsqueda encuentres tu felicidad.

Yo: Ana, Brito,
Ana Brito, Briten,
*El Show de Briten*

Cuando empecé *El Show de Briten* cometí muchos errores garrafales, pero sin duda el más grave es este. Al no tener suficientes seguidores ni contenido que me hiciese interesante para verme como una opción viable a la hora de crear un contenido de entretenimiento, decidí tomar las riendas en el asunto. «Ah, ¿que no me vas a hacer un *show* a mí, que tengo 0 seguidores y experiencia? Ya vendrás, ya». Ya sabéis, yo siempre la casa por el tejado.

A falta de seguidores y por supuesto de presupuesto, decidí hacer un *crowdfunding* entre mis seguidores para poder así crear *El Show de Briten* a través de la venta de tazas y pulseras con mi logo. Todo muy original. El caso es que, gracias a su apoyo y ayuda, recaudé entre mis Nebliners 15.000 € en un mes. Eso son muchas copas, ya te lo digo. No seré yo quien niegue que se me pasó por la cabeza coger un billete de solo ida y desaparecer. Pero no lo hice (de nada) y me quedé en Madrid haciendo todo lo que en producción no se debe hacer. Una cagada y otra, y venga y sigue.

La presión, sin duda, era enorme, ya que yo sentía que en cierta forma estaba jugando con el dinero de aquellos que habían confiado ciegamente en mí y en mi proyecto, muchos de ellos a los cuales no conocía. Esto hizo que la autoexigencia subiera unos cuantos puntos y con ella, los niveles de ansiedad al tener no solo miedo al fracaso sino también a no cumplir las expectativas de mis inversores. En muchos momentos, sentí que me había precipitado haciendo el *crowdfunding* sintiendo un gran sentimiento de culpabilidad.

El hecho de no tener experiencia en la materia, así como una confianza ciega en terceras personas que pensé tendrían mejor criterio que yo, hizo que dilapidara el presupuesto en mucho menos tiempo del que pensaba. Yo pensé que me daría como para producir muchos programas, pero resultó no dar para más de cuatro. Principalmente, cometí dos grandes errores que son de primero de producción audiovisual: en vez de alquilar material, lo compré, y en vez de contratar a *freelancers* contraté a un equipo *in house*. Olé, olé y olé.

Gracias a Dios tuve un breve momento de lucidez y a mitad de camino me di cuenta de que esa fórmula no iba a funcionar. En ese momento, me puse en manos de Quadrosphera, una pequeña productora con experiencia, para que con el 50 por ciento del presupuesto restante salváramos el proyecto. Gracias a ellos, lanzamos cuatro episodios de *El Show de Briten* que sacamos en mi perfil de Instagram y que como era de esperar no tuvo mayor trascendencia.

Yo no sé si al principio pensé que me darían un premio al mejor programa del año y al acabar al peor. Pero, aunque muy a mi pesar no creara el nuevo *Hormiguero*, puedo decir que fue una experiencia y reto increíbles que me dejaron aprendizajes que de ninguna otra manera hubiera podido obtener. Como he comentado antes, esto que a *priori* supuso un gran reto (y mucha ansiedad, por cierto), ahora lo veo como un verdadero regalo sin el cual no hubiera podido afrontar el resto del camino.

Como sabréis, emprender no es un camino de rosas y si tuviera que destacar otros momentos que inicialmente han sido (y seguirán siendo) un gran reto, probablemente te hablaría de hacer monólogos en directo. A pesar de que yo hago contenido de humor, es muy diferente hacer humor en redes sociales a hacerlo con público delante.

En redes, el contenido ya está producido y para grabarlo puedo equivocarme las veces que haga falta. Es más, si tengo que grabar una misma frase 16 veces no tengo problema, pero haciéndolo me aseguro de que el resultado es el mejor. El *feedback*, además, es a través de una pantalla, por lo que no siempre logro ver todos los comentarios y si hay comentarios negativos a veces ni los veo. Vaya, qué disgusto se van a llevar los *haters*.

En cambio, cuando se hacen monólogos en directo la forma de saber si un monólogo es o no divertido es a través del silencio del público. Para evitar que esto te pase, tienes que practicar tu texto una y otra vez hasta que sientes que todas las bromas tienen gracia. Por ello, el tiempo que requiere la práctica de un monólogo es importante y si tienes una agenda como la mía, prácticamente inviable.

Como yo no he hecho el ejercicio de hacer monólogos en directo y de enfrentarme al público sin improvisación de por medio, el hecho de que me salgan oportunidades laborales en este sentido me genera mucha ansiedad, ya que sé que no es mi punto fuerte al no haber podido trabajarlo. Aunque generalmente digo que no a este tipo de proyectos ya que considero que no estoy lo suficientemente preparada, ha habido veces que para no dejar pasar la oportunidad de colaborar con ciertas marcas me he tenido que enfrentar a esta situación. En estas ocasiones (claramente contadas porque yo seré lo que quieras, ahora masoca no), aunque sintiera una enorme presión de cumplir las expectativas tanto del cliente como del público y de que esto me generara un tremendo estrés al no poder ensayar tanto como me gustaría, también he acabado viendo estos retos como tremendos regalos.

Echando la vista atrás, veo como denominador común que cualquier reto que se nos presenta nos obliga siempre a salir de nuestra zona de confort. A hacer y pensar de una forma a la que no estamos acostumbrados, llevándonos por tanto a puntos muy diferentes a los que no hubiéramos llegado sin ese pequeño empujón. Todo lo nuevo y bueno cuesta, y saber que implica un esfuerzo es un buen punto de partida.

Del mismo modo que considero que todo lo anterior me ha ayudado a sobrellevar lo que he vivido, además de haberme empujado a estar donde estoy ahora, no quería dejar de hablar de aquellas piedras del camino que hay que sortear. Se trata de piedras de las que, en general, creo que no se habla lo suficiente, aunque todo emprendedor se topa con ellas. Me gustaría dejar claro que no tengo la llave de nada, ni ninguna pócima mágica, y que a día de hoy sigo descifrando cuál es la mejor manera de sortear estos baches, porque siguen y seguirán apareciendo.

Por mucho que tengas una carta al universo, un *vision board* bien definido y estructurado, y pongas toda la carne en el asador, las cosas no siempre salen como uno quiere. Este es el primer paso; como te he comentado en el capítulo anterior, la enseñanza estoica nos muestra que hay muchas cosas que están fuera de nuestro alcance. A veces surgen imprevistos externos, incontrolables, que hacen que el resultado no sea lo que esperábamos. Ya hemos hablado de cómo gestionar (dentro de lo posible) la frustración, pero es necesario que hablemos de los límites, que los hay de todos los colores y formas.

# SACRIFICARSE SÍ, PERO NO A CUALQUIER PRECIO

Uno de los aprendizajes más cruciales, del que ya hemos hablado antes, es saber ponerte límites a ti mismo, a tu ambición, para evitar perder el foco o perder de vista la meta real. No pierdas cosas en el camino que son igual o incluso más importantes; es decir, **no sacrifiques tu bienestar por cumplir tus objetivos**. Hay una gran diferencia entre que el proyecto te arrolle a que priorices tu proyecto. En mi caso, a veces no he sabido medir entre ambas cosas y he excedido estos límites aceptando más trabajo del que podía gestionar. No solo a nivel físico, llegando a estar semanas sin un hueco libre para temas personales, sino también a nivel mental, llegando a sufrir ataques de ansiedad.

A menudo, sentimos la presión de ser los mejores en todo: destacar en el trabajo, el más y mejor deportista, el más detallista de todos los amigos acordándose de todas las fechas conmemorativas con un detallito, los mejores padres que se ven capaces de educar a sus hijos a la vez que acarrean treinta millones de tareas extras (ya sabéis, lo de que el trabajo no se acaba al terminar la jornada laboral porque, amigos, luego vienen todas esas tareas domésticas que son también trabajo). Sin embargo, al llegar a este punto, espero que te hayas dado cuenta de que no es necesario cumplir con todas esas expectativas. No. Pasa. Nada. Y tampoco es necesario que veas a todos los demás como rivales, como si fueras Fernando Alonso en una carrera de Fórmula 1, haciendo siempre el mejor tiempo y adelantando a todo el mundo por la derecha sin que puedan detenerte.

Nuestro verdadero competidor somos nosotros mismos. **El verdadero progreso no se mide comparándonos con los demás, sino siendo un poco mejores que nuestra versión de ayer**. Y si es tu versión de anteayer, también estará bien: no te apresures en mejorar, poco a poco. Obviamente, mejorar no es fácil y cuesta. Ay mi madre si cuesta… Enfrentarse a uno mismo puede ser incluso más desafiante que enfrentarse al mundo exterior, porque podemos ser nuestros peores críticos, y hasta nuestros peores enemigos. A veces, nuestra voz interna puede ser implacable, llevándonos a tratarnos peor de lo que trataríamos a cualquiera de nuestros enemigos. ¿Sabes esa canción de Taylor Swift, la de *Anti-Hero*? Hay un momento en que canta «*It's me, hi, I'm the problem, it's me*»… Pues eso. Ya ves, incluso alguien tan famoso y tan reconocido a nivel mediático como

Taylor Swift que parece que lo tiene todo y es perfecta, pues está ahí, luchando con problemas de autoconfianza y autoaceptación, y dándole vueltas a su autoimagen, y la sensación de ser su propia enemiga. ¡Taylor Swift! ¿Hay alguien más perfectamente perfecto? Pues mira, incluso ella tiene inseguridades y tiene que cantar «soy mi peor enemiga».

La confianza en uno mismo puede llevarnos a ser demasiado duros y críticos. Pero párate a pensarlo un momento... Piensa en la infinidad de cosas que haces en tu vida: salir de fiesta con amigos, el trabajo, correr con algún colega, tocar en un grupo de música, cocinar con tu pareja... ¿Acaso nos dedicamos a exigirle a nuestro amigo que baile mejor? ¿A nuestro compañero que trabaje más? ¿A nuestro colega que corra más rápido? ¿A nuestro batería que mantenga el tempo como un reloj suizo? ¿A nuestra pareja que corte la cebolla más fina? Pues claro que no: somos conscientes de que todo el mundo hace las cosas lo mejor que sabe y puede, e intentamos amoldarnos a ello; y si hay alguna discrepancia, pues todo es hablarlo. ¿Por qué no hacer lo mismo contigo? Es esencial que tengas compasión contigo misma. Recuerda: tienes que reconocer tus esfuerzos y celebrar tus logros, por pequeños que sean. Al fin y al cabo, el viaje hacia ser una mejor versión de ti misma es un proceso continuo y personal, aunque también es un proceso lento, donde no puedes esperar mejorar de la noche a la mañana, y donde el amor propio es clave.

Soy consciente de que he tenido que sacrificar muchos momentos personales para poder cumplir mis objetivos, y he dedicado mucho de mi tiempo libre a ello. Un tiempo libre que mis amigos y familiares, mientras, utilizaban para hacer planes, hacer sus cosas… sin mí. También he decidido sacrificar cosas a las que me hubiera gustado dedicar más tiempo, como dormir mis ocho horas seguidas, hacer deporte a diario o practicar *mindfulness*. Por favor, si me vas a dar la chapa sobre que me voy a morir porque no entiendo los beneficios de cada una de las tres cosas ahórratelo, ya soy consciente de ello. Muerte ven a mí. Ha habido veces que este esfuerzo ha merecido la pena, el sacrificio ha dado sus frutos y he estado superorgullosa de mí y de lo que he luchado para conseguirlo. No obstante, otras muchas veces este sacrificio no ha merecido la pena, aunque las señales estuvieran ahí…

A veces nos ponemos en situaciones límite porque sabemos que nuestra meta merece que lleguemos a estos extremos… Pero esto no se puede hacer de forma sostenida. La clave es preguntarse: ¿cuánto tiempo debo seguir así para lograr mi sueño? Si se trata de un tiempo corto y medible (hay un *deadline*, una fecha final), adelante. Pero, si no ves el final de este esfuerzo adicional y, además, lo que en un principio era por un tiempo corto ahora se está alargando… ¡ojo! Una cosa es hacer *sprints* puntuales y la otra de forma sostenida. Si no te quieres cargar las rodillas, no puedes estar corriendo mil horas al día. De la misma forma, si no te quieres cargar tu salud mental y física, tendrás que reenfocar la forma en que logras tu objetivo.

Suele haber señales, indicios de que algo va mal. Te pongo ejemplos que he vivido en primera persona:

1. **Cansancio extremo**. Si te sientes como un zombi viviente y necesitas tres cafés antes del mediodía solo para mantener los ojos abiertos es una clara señal de que no estás durmiendo lo suficiente.
2. **No desconexión**. Si incluso en tus sueños estás redactando informes o respondiendo correos, es una señal de que no estás logrando desconectar del trabajo y tus responsabilidades.
3. **Irritabilidad**. Si el sonido del teclado de tu compañero te da ganas de lanzarlo por la ventana o si te encuentras perdiendo la paciencia con facilidad, es probable que estés demasiado estresada y necesites un descanso.
4. **Falta de motivación**. Si te sientes apática y sin energía para realizar incluso las tareas más básicas, puede ser una señal de agotamiento.
5. **Problemas de salud**. Dolores de cabeza frecuentes, problemas digestivos o una mayor susceptibilidad a resfriados y otras enfermedades pueden ser indicios de que tu cuerpo está pidiendo un respiro.
6. **Bajo rendimiento**. Si notas que tu rendimiento en el trabajo o en otras áreas de tu vida ha disminuido, a pesar de estar dedicándole mucho tiempo y esfuerzo, puede ser una señal de que necesitas reevaluar tus prioridades y descansar más.

# APRENDE A PONER LÍMITES

Como tengo la suerte de amar lo que hago, para mí lo más duro ha sido aprender a decir que no a proyectos profesionales que me apetecen. Este ejercicio me resulta tremendamente duro, ya que me llegan ofertas increíbles y, aunque en ese momento creo ser capaz de abarcarlo todo, la realidad es que no. El día tiene 24 horas y una no puede estar en todos los berenjenales. Si estás en un proyecto debes poder estar al cien por cien porque, si no, ni haces todo, ni haces nada. Se puede morir de éxito. Decir «no» es poner límites, y es un arte que muchos de nosotros tenemos que aprender. No es solo una cuestión de gestión del tiempo, sino también de bienestar psicológico.

La teoría de la autodeterminación, desarrollada por los psicólogos Edward L. Deci y Richard M. Ryan en los ochenta, descubrió que, para estar motivados y sentirnos realizados necesitamos satisfacer tres necesidades básicas: autonomía, competencia y relación.

1. Primero, ser «autónomos» significa sentir que tenemos control sobre nuestras propias decisiones y acciones. Cuando tenemos autonomía, sentimos que nuestras elecciones son voluntarias y alineadas con nuestros intereses y valores. Sentir que tenemos el control sobre nuestras vidas aumenta nuestra motivación intrínseca, es decir, la motivación que proviene de dentro de nosotros mismos en lugar de depender de recompensas externas. La autonomía nos permite ser auténticos y actuar de acuerdo con nuestras creencias y deseos.
2. En segundo lugar, ser competente, que hace referencia a la necesidad de sentirnos eficaces y capaces en lo que hacemos: queremos saber que tenemos las habilidades necesarias para enfrentar desafíos y alcanzar nuestras metas, ya que sentirnos competentes aumenta nuestra confianza y satisfacción personal. Nos motiva a seguir aprendiendo y mejorando, lo que a su vez nos permite alcanzar niveles más altos de rendimiento y éxito.
3. Por último, pero no por ello menos importante, es necesario sentirnos relacionados con lo que hacemos, sentirnos conectados y valorados por los demás. Queremos tener relaciones significativas y sentir que somos parte de una comunidad. Si decimos que «sí» a todo, podemos tener menos tiempo y energía para dedicar a nuestras relaciones perso-

nales y profesionales, lo que puede acarrear sentimientos de aislamiento y desconexión… que afectan de forma negativa a nuestro bienestar emocional.

Cuando decimos «sí» a todo puede parecer que estamos aprovechando al máximo nuestra autonomía, pero en realidad estamos comprometiendo nuestra competencia y nuestras relaciones. Cuando aceptamos más proyectos de los que podemos manejar, la calidad de nuestro trabajo sufre, y con ello nuestra sensación de competencia.

Barry Schwartz, en su libro *La paradoja de la elección*, argumenta que tener demasiadas opciones puede conducir a la parálisis de la decisión y a una disminución de la satisfacción. En otras palabras, estar con la cabeza en treinta sitios y en treinta planes nos acaba llevando a estar parados. Imagínate: llega el finde y de repente te salen cuarenta planes y no sabes qué hacer. ¿Resultado? Acabas en casa sin hacer nada porque te quedas paralizado. Un clásico. Y en el contexto laboral, esto se traslada a que aceptar demasiados proyectos puede llevarnos a sentirnos abrumados y menos satisfechos con nuestro trabajo. Menos es más, como diría cualquier minimalista.

Pero claro… ¿Cómo decir «no»? No debería ser un drama. Aquí van algunas estrategias con un toque de humor:

- **El «no» amable**. «Me encantaría, pero ya tengo demasiados platos en el aire y no quiero que empiecen a caer. ¡Gracias por pensar en mí!»

- **El «no» humorístico**. «Me encantaría unirme, pero tengo un ejército de correos electrónicos que necesitan mi atención urgente. ¡Los soldados están esperando!»
- **El «no» estratégico**. «Este proyecto suena increíble, pero no quiero comprometer la calidad del trabajo que puedo ofrecer. ¿Podemos revisarlo en otra ocasión?»

Además, aunque para mí mi profesión es una pseudo adicción (en parte también por lo mal que lo he pasado y por el miedo constante a perderlo todo una vez más; «a mí esto no me vuelve a pasar»), he tenido que aprender a equilibrarla con mi reciente maternidad. Sigo aprendiendo a encontrar ese equilibrio (y la asociada pérdida de individualidad, que tanto me cuesta aceptar). Ya no solo estoy yo con mis objetivos profesionales; ahora tengo un nuevo proyecto en casa que merece el mismo mimo o más que el resto. Ahora hay una mini dominadora mundial, una futura presidenta a la que enseñar cómo comerse el mundo en diez sencillos pasos.

En esa dificultad para plantarnos y decir que no juega un papel fundamental la culpa, esa sensación de sentirse mal por el simple hecho de pronunciar el monosílabo «no». La culpa es una emoción muy pero que muy poderosa que a menudo nos impide negarnos a hacer algo, incluso cuando sabemos que es lo correcto para nosotros y para los nuestros. ¡Maldita culpa! La culpa puede surgir de varios lugares... O de varios al mismo tiempo. Por ejemplo, podemos sentirnos culpables por decepcionar a alguien (un jefe, una pareja, un amigo), por no cumplir con las expectativas que creemos que los demás han depositado en nosotros, o por pensar que estamos siendo egoístas al poner nuestras necesidades primero. Estas creencias y sentimientos pueden hacer que sea difícil decir «no». Pero amigo, si alguien deposita expectativas en ti, pues digo yo que esa otra persona también tendrá parte de responsabilidad en ello, ¿no? **¿Cómo demonios vas a controlar tú si alguien tiene expectativas puestas en ti?** Una cosa es no generar falsas expectativas (no lo hagas, por favor), y otra cosa es que alguien se piense que somos Superman.

La experiencia también me ha enseñado a no dejarme convencer con facilidad. Es cierto que el hecho de autogestionarme ha hecho que siempre tenga muy presentes mis valores y objetivos en todo lo que hago. No obstante, ha habido veces que me he dejado convencer y me he visto a mí misma haciendo cosas que, a *priori*, no quería hacer. Siempre que ha pasado esto he entrado en conflicto conmigo misma, he estado muy incómoda y el trabajo no ha salido bien. A veces tenemos que escuchar a nuestra intuición… no acostumbra a equivocarse.

Hablando de límites y culpa, también es importante aprender a poner límites a los compromisos personales. Sigo haciendo el ejercicio de no sentirme siempre culpable y juzgada por no poder cumplir las expectativas de los que me rodean y de centrarme en lo que es importante para mí, independientemente de lo que opinen los demás. Entre nosotros, esta asignatura sigue suspendida… Es un temón, porque poner límites a los compromisos personales es un desafío en mayúsculas, especialmente cuando nuestra vida no sigue el patrón convencional que la mayoría de las personas espera. Sin embargo, nuestra existencia no debe ajustarse a las normas sociales o expectativas externas… ¡Faltaría más! Cada uno de nosotros tiene su propio camino, sus cosillas, sus metas, sus vicios, y sus desafíos, y eso está bien que sea así. No tener un horario convencional puede ser liberador, ya que no todos necesitamos seguir el mismo ritmo de 9 a 5 para sentirnos realizados.

Por ejemplo, me acuerdo de que hace años me invitaron a una boda… Algo bastante típico, ¿no? Una manía que le da a la gente por casarse (te lo digo yo, que estoy casada). Era de un amigo de la infancia al que apenas había visto en los últimos años… y aunque me daba una inmensa pereza pensé: «¿Cómo no voy a ir?». En lugar de decir «no», pensé que debía ir por lo que él pudiera pensar y también porque me autoconvencí de que seguramente conociese a alguien en la boda. «No es para tanto», pensé. Eeeeerror.

Nada más llegar, me di cuenta de que casi no conocía a nadie y me encontré rodeada de extraños con los que apenas podía mantener una conversación. @policia. Además, la música era infumable y el banquete… pues qué quieres que te diga, se come mejor en McDonald's. Me di cuenta de que habría sido mucho mejor para mí, para mi bolsillo (que poco se habla del dineral que implica una boda) y para mi salud (ojito, las resacas que ahora duran varios días) el no haber ido. Así, además, hubiera podido aprovechar de mi familia y haber ido al cumpleaños que tenía de una amiga a la que sí veo a día de hoy. Conclusión: caretas fuera, que la vida son dos días.

# APÓYATE EN LOS TUYOS. O APORTAS O APARTAS

Si has llegado hasta aquí, seguro que te has dado cuenta de que soy de las que piensan que no necesito a nadie más que a mí misma para tirar hacia delante. Sin embargo, tampoco hay que negar que toda ayuda suma. Seguramente yo he pecado de no levantar la mano más a menudo y de ponerme, demasiadas veces, el mundo por montera: Brito sola ante el peligro. *Danger, danger.*

Cuando emprendí *El Show de Briten*, tenía la impresión de que nadie me comprendía. Esa incomprensión me llevó a tropezar con una gran piedra en el camino: la soledad. No tenía a quién preguntar si me estaba o no equivocando, no había directrices de ningún tipo, ni nadie que me dijera qué objetivos cumplir... Además, nadie de mi entorno estaba metido en tema de redes, por lo que me sentía muy sola. Ya sé que pensarás que esto es un problema del primer mundo, pero estoy convencida de que hay muchísima gente que se ha sentido así. Cuando estás muy metida en ti misma, sea porque tienes un proyecto personal entre manos, sea porque, por ejemplo, tienes un problema familiar muy gordo que requiere toda tu atención, es fácil que caigas en el aislamiento.

La soledad es como ese compañero inesperado que puede aparecer incluso cuando estás rodeado de gente. No tiene que ver con ser más o menos sociable: puedes estar en una fiesta repleta de personas y sentirte como si estuvieras en una isla desierta. No se trata solo de estar «físicamente» solo, sino de sentirte desconectado a nivel emocional. Aunque te pueda parecer que estás genial contigo misma y que no necesitas a los demás, siento decirte que es mentira. Somos animales sociales, esto es así. Y, si no, que se lo pregunten a Tom Hanks en *El náufrago*. Necesitamos una red de apoyo, personas a nuestro alrededor que nos hacen más felices, creativos y sanos. Yo tengo y tenía esta red, en la que sobre todo destacan mis conocidos, pero confundí incomprensión por desinterés. Con todo el curro y el esfuerzo que hacía, me nacía compartir con ellos todo lo que estaba pasando, pero la mayoría de las veces no tenían respuesta a mis dudas ni podían aportar mucho a la conversación porque ni el uno ni la otra sabían qué es el *engagement* ni el marketing digital. No era que pasaran de mí, era que, sencillamente, no podían ayudarme porque no sabían de qué iba el tema. Viéndolo con perspectiva, me doy cuenta de que siempre me apoyaron, pero yo estaba un poco en bucle y susceptible, y me tomaba sus «no sé», «no tengo ni idea» como una señal de desinterés, cuando en realidad eran respuestas sinceras. En fin, a mis amigos: si me estáis leyendo, lo siento. Te cuento esto para que te des cuenta de que, como en todo, a veces la soledad es más o menos soledad en función del prisma con la que la miremos. Incluso podemos caer en creernos una mentira. Por ejemplo, si estamos hasta arriba todo el día de acá para allá, combinando niños-trabajo-casa-pareja, puede que nos preguntemos: «¿Acaso sabe mi amiga que mañana pasa esto en mi curro?». Y nos lamentamos pensando que no le importamos en absoluto. Se nos olvida, claro, que ella también vive tan ocupada como nosotras... En definitiva**, la manera en la que miramos el mundo importa**, también en esto.

Para evitar estos bucles y sentirme menos sola, he aprendido a estar presente al cien por cien cuando estoy con los míos. Es decir, nada de interrupciones ni de querer hacer mil gestiones a la vez, que ya me sé yo la de quedar con una amiga y aprovechar para coger una llamada de curro, contestar un whatsapp importante y para «ah, y aprovecho para pedirte el teléfono de Menganito que seguro que tú lo tienes»... Cuando estés, que sea de verdad. Porque si no, el resultado es que no estás para nadie y que la soledad se acrecienta porque tienes la sensación de que has hecho vida social pero que, realmente, has socializado poco. Otra decisión que también ha sido fundamental para mí ha sido separar trabajo y ocio, sin la necesidad de compartir en redes todo lo que vivo en mi intimidad. Mis momentos y mis espacios personales para mí son sagrados, y es mi elección compartirlos o no, y con quien yo decida hacerlo. «¿Qué tiene que ver no mostrar según qué en redes con la soledad?», pensarás. Pues es lo mismo que lo que te decía de estar en una fiesta rodeado de gente pero sintiéndote solo. Te puede dar la sensación de que saben mucho de ti, que te dan me gusta y te dejan comentarios, que hasta te escriben por privado y te responden a tus *stories*... pero, a la hora de la verdad, ¿te cogerían el teléfono si tuvieras un problema? La realidad es que no, porque ni tienen tu número. Entonces, al darte cuenta de que alguien que te sigue en Instagram sabe dónde has comido pero tu amiga del alma no y que hace mil que no os veis, que tu identidad en redes y tu identidad física son un contraste tremendo, puede hacerte sentir aún más sola. Pero vaya, que esto es mi opinión y cada uno con su movida, faltaría más. En este camino, en el que pasé de ser Ana a «la Briten», he tenido que elegir de quiénes me rodeaban y he aprendido a dejar ir aquellas relaciones que no me hacían bien. Es importante entender que parte de nuestro bienestar depende del entorno... Así que, o aportas, o te apartas.

Por último, y ahora que nos acercamos al final del libro, aprovecho para animarte a que te trates como tu mejor amiga. Cuídate, mímate, ríete con tus chistes (que no con los de Xuso, por favor te lo pido), quítales hierro a tus desgracias, mírate con ojos de admiración, interésate por cómo estás, escúchate, valórate y, en definitiva, no te apartes nunca de ti, de tu verdadera esencia. El lado bueno también está en ti.

## CHULETA

- El progreso se mide comparándonos con nosotros mismos, no con los demás. Aun así, ojo con convertirte en tu peor enemiga y en ser demasiado crítica... ¡No tienes que ser perfecto!
- Es esencial saber decir «no» y establecer límites para no sacrificar tu salud física y mental.
- Fíjate en las señales. ¿Cansancio, agotamiento? Di que no de vez en cuando...
- El triángulo de la motivación está compuesto por la autonomía, la competencia y tus relaciones. ¡No te olvides de estas últimas!
- El entorno influye en tu bienestar, así que rodéate de quien te aporte. Para amargarnos la vida, ya nos tenemos a nosotros mismos.

# EPÍLOGO
# AHORA SÍ

Si el día que me fui de la productora me hubieran dicho que **cuatro** años después estaría escribiendo un libro, les hubiera preguntado que qué se habían tomado y que dónde lo podía comprar. Escribir este libro es un sueño, pero no solo eso, se podría decir que mi vida actual en sí es un sueño: vivir de lo que me apasiona, colaborar con medios de comunicación, ser imagen de grandes marcas, participar en concursos de televisión, hacer un pódcast que ha sido *top 3* en Spotify con mi antes famoso favorito y ahora gran amigo Xuso Jones, ganar un Ondas a mejores anfitriones por el mismo, presentar eventos, dar charlas motivacionales, hacer un *show* en directo en nada más y nada menos que la Gran Vía (¿hola?, ¡pínchame!), ser elegida por Forbes como mejor *influencer* en la categoría de humor, etc.

Bromas aparte, este recorrido va mucho más allá de los hitos profesionales, ya que la verdadera revolución ha sido a nivel personal. Ya estoy llorando, ay, por Dios, que me patrocine Kleenex, siempre es buen momento para hacer *mendigram*. Para quien no lo sepa, *mendigram* es mendigar un patrocinio especialmente en redes sociales, por lo que si conocéis a alguien que trabaje en Kleenex, ya sabéis: decidle que me patrocine. Durante mucho tiempo me ahogué en mis desgracias y era incapaz de ver ninguna vía de escape, a pesar de remar incansablemente para salir a flote. Remar y remar y remar. Siempre con buena cara, con una sonrisa, con actitud y todo lo que hemos mencionado a lo largo de este libro, pero rota. Rota por ver cómo se apagaban las luces que iluminaban el camino (ahora me iluminan desde el cielo). Rota por ver cómo mi esfuerzo nunca era suficiente para sacarnos de ese hoyo lleno de dolor y pena. Rota por ver cómo pasaban los años y nada mejoraba. Y remaba, y remaba y remaba.

Un buen día, en el que allí seguía, remando, con buena cara y con una sonrisa, por fin empezó a salir el sol. Las piezas comenzaron a encajar. Todo por lo que había pasado me ayudó a tener las tablas para emprender un nuevo camino. Todo ese dolor me dio la fuerza para ser mi mayor aliada. A pesar de las dudas, los miedos y la incertidumbre nunca vi los límites, sino las posibilidades.

A día de hoy, puedo afirmar que he conseguido casi todo lo que me he propuesto, y nadie podrá quitarme esta satisfacción. He podido cuidar y mimar a mi madre como se merece y devolverle al Alto (como llamo a mi marido) todo lo que siempre me prestó de corazón y nunca me pidió de vuelta. He podido celebrar la suerte que tengo por todo lo ALTO y con la gente que quiero una y otra vez.

Estoy andando el camino con el que soñaba y estoy convencida de que, si sigo en esta senda, mañana andaré por el camino con el que sueño hoy. Vivo con la confianza ciega de que tarde o temprano llegará el futuro que quiero crear, de que seguiré cumpliendo más metas y más sueños. Y, lo más importante, de que seguiré tropezando con todas las piedras que aparezcan en el camino. Pero a todas ellas, les buscaré el lado bueno de las cosas.

**No sé cómo, no sé cuándo, pero va a pasar.**

# ANEXO
# EL ABECEDARIO DE BRITEN

Quería concluir el libro de una forma amena que fuese menos didáctica y más fácil de digerir que todo lo anterior. Porque ¡madre mía, vaya chapa te he dado! Por ello, he creado un abecedario que engloba todos los ingredientes que considero necesarios para encontrar esa felicidad, ese lado bueno de las cosas.

**Actitud**. La vida, y por ende las oportunidades, empiezan cada minuto que pasa, ¡elige tener la actitud de conquistarlas! «La vida es un naufragio, pero no debemos olvidar cantar en los botes salvavidas» (Voltaire).

**Bondad**. Trata a los demás como te gustaría que te trataran a ti, sonríe, abraza y ayuda a los demás siempre que puedas. «La gente olvidará lo que dijiste, olvidará lo que hiciste, pero nunca olvidará cómo le hiciste sentir» (Maya Angelou).

**Coherencia**. Sé fiel a ti mismo en todo lo que hagas, sé auténtico, defiende lo que es importante para ti y no dejes que se apague tu integridad. «Ningún legado es tan rico como la honestidad» (William Shakespeare).

**Desdramatización**. La vida son dos días, así que dale importancia a las cosas que la tienen. «Así que no se preocupen por el mañana, porque el día de mañana traerá sus propias preocupaciones» (San Mateo).

**Empatía**. Va de la mano de la escucha y es necesario trabajarla para entender a los demás, ser un poco más humanos y conectar con los que nos rodean. «Tenemos dos oídos y una boca para escuchar el doble de lo que hablamos» (Epicteto).

**Gratitud**. No des nada por sentado, ya que la vida puede cambiar en décimas de segundo. Ten la costumbre de estar agradecido por todo lo que tienes y todo lo que te pasa, serás capaz de ver la suerte que tienes y que no valoras. «Estaba triste porque no tenía zapatos, hasta que en la calle me encontré a un hombre que no tenía pies» (antiguo dicho persa).

**Humor**. Utiliza esta herramienta para poner el foco en lo bueno y aprende a ser el primero en reírte de lo que te pasa. «Ríe y el mundo reirá contigo; llora y el mundo, dándote la espalda, te dejará llorar» (Charles Chaplin).

**Ilusión**. La hermana del entusiasmo. Hacer las cosas con entusiasmo e ilusión marca la diferencia, mejora nuestro estado de ánimo y el de los que nos rodean. «El futuro pertenece a quienes creen en la belleza de sus ilusiones» (Eleanor Roosevelt).

**Foco en lo bueno**. Te convertirá en una persona optimista que creará las circunstancias necesarias para ver oportunidades donde otros no las ven. «Nos podemos quejar porque los rosales tienen espinas o alegrarnos porque los espinos tienen rosas» (Abraham Lincoln).

**Juega**. Aprende a ver la vida como un juego en el que ni se gana ni se pierde, sino que se aprende mientras te lo pasas bien en el camino. «No dejamos de jugar porque envejecemos; envejecemos porque dejamos de jugar» (George Bernard Shaw).

**Karma**. Idea espiritual que se refiere a la ley de causa y efecto de todas nuestras acciones y que invita a su reflexión. «Cómo la gente te trata es su karma; cómo reaccionas es el tuyo» (Wayne Dyer).

**Límites**. Aprende a no ser impulsivo y a no decir que sí a la primera, aprende a decir que no y, muy especialmente, a ser fiel a ti mismo. «Atreverse a establecer límites significa tener el coraje de amarnos a nosotros mismos incluso cuando corremos el riesgo de decepcionar a los demás» (Brené Brown).

**Mejora constante**. A veces la felicidad presente hipoteca la felicidad futura. Ceder hoy implica tener problemas mañana. Da siempre tu mejor versión e intenta mejorar poco a poco, pero día tras día. «Nadie que haya dado lo mejor de sí mismo lo ha lamentado» (George Halas).

**Nebliners**. Mis seguidores, mi mayor apoyo. Sin ellos nada sería posible. «Triunfé porque creyeron en mí» (Ulysses S. Grant).

**CaÑa**. Tendrás que meterle caña, esforzarte, para conseguirlo. «El esfuerzo continuo, no la fuerza o la inteligencia, es la clave para liberar nuestro potencial» (Winston Churchill).

**Objetivos**. Define qué quieres y cómo lo quieres, traza un plan y ve a por todas. «El gran peligro para la mayoría de nosotros no está en establecer metas demasiado altas y quedarse corto, sino en establecer metas demasiado bajas y alcanzarlas» (Miguel Ángel).

**Preocúpate únicamente de lo que puedas controlar**. Según Marian Rojas, el 90 por ciento de las cosas por las que nos preocupamos nunca sucede, por lo que perdemos mucha energía, foco y tiempo en el camino. «Cuando lleguemos a ese río, cruzaremos ese puente» (El Alto).

**Quiérete**. Si no te valoras tú no te valorará nadie. Analiza muy bien cómo te ves a ti mismo. La autopercepción es tu mayor aliado y tu peor enemigo. «Quererse a uno mismo es el principio de un romance para toda la vida» (Oscar Wilde).

**Relaciones significativas**. No somos islas, tu bienestar también depende de las personas de las que te rodeas; especialmente de amigos y familia. Acércate a quien te aporta y huye de quien te supone una carga. «El destino decide quién entra en tu vida, pero solo tú decides quién se queda» (Anónimo).

**Sueña, es gratis**. Si algo me ha enseñado la vida es que, con trabajo, ilusión y mucho sacrificio, todo lo que depende de nosotros se cumple. «Apunta al infinito.

Aunque falles, aterrizarás entre las estrellas» (Les Brown).

**Tiempo de calidad**. Los compromisos están sobrevalorados, protege tu tiempo. Recuerda que es lo único que no puedes comprar. «Sin tiempo no hay futuro, pero con tiempo puedes perderte el presente» (Frank Sinatra).

**Único**. Recuerda que somos uno entre 400 trillones. «Sé tú mismo, todos los demás ya están cogidos» (Oscar Wilde).

**Victoria**. Celebra todos tus logros por pequeños que sean. Independientemente del resultado, asume que la vida es un juego en el que la mejor forma de aceptar una derrota es la misma que la de aceptar una victoria. Tanto lo bueno como lo malo es pasajero. «La gran victoria que hoy parece fácil fue el resultado de pequeñas victorias que pasaron desapercibidas» (Paulo Coelho).

***Wow***. Que toda tu vida tenga sobre ti, y a poder ser en los demás, un efecto *wow*. «El asombro es el estado más elevado del alma humana» (Johann Wolfgang von Goethe).

**EXpandir.** El proceso de aumentar el alcance de nuestras habilidades, conocimientos y perspectivas. «La vida se expande o se contrae en proporción a tu coraje» (Anaïs Nin).

**¿Y?** Acuérdate de la filosofía *shit happens*: pase lo que pase, «¿y qué?». Aprendamos a relativizar y recordemos que, si tenemos un pensamiento que no para de rondarnos la cabeza, seguramente no merezca tanto la pena. Generalmente la respuesta es no. «La preocupación es una pérdida de imaginación» (Walt Disney).

**ZZZZZ**. No te duermas. «No te duermas para que no te sueñen» (Chavela Vargas).

# AGRADECIMIENTOS

A mis abuelos, que me enseñaron el significado del verdadero amor, el incondicional, el bueno, el infinito. La importancia del humor la aprendí gracias a la vulnerabilidad de su vejez y a la dureza de sus respectivas enfermedades. El tacto de sus manos estará siempre grabado a fuego en mi memoria. Me acuerdo de vosotros todos los días y ojalá hubierais podido ver todo esto. Os quiero mucho.

A mi madre, que es única y maravillosa, a quien sin duda le debo todo lo que soy. Gracias por todo tu sacrificio, por enseñarme a mirar las cosas con una mirada diferente, llena de ilusión, entusiasmo y creatividad. Por darme algo que el dinero nunca podrá comprar: valores. El tratar bien a todo el mundo independientemente de su historia o circunstancia, el valor de la familia, la importancia de los detalles, la belleza de todo y en todos.

El interés por descubrir cosas nuevas y por ser el ejemplo viviente de quien ve el lado bueno de las cosas. Tu risa es mi vitamina y siempre haré lo que esté en mi mano para tenerte entre algodones y poder devolver con creces todo lo que tú has hecho por mí. Hasta buscarte novio.

Al Alto, que es tan grande por fuera como lo es su corazón. Eres y siempre serás mi más bonita casualidad. Nunca podré agradecerte lo suficiente cómo siempre me has ayudado sin esperar nada a cambio, cómo te hiciste pasar por doctor cuando mi abuelo no te ubicaba, cómo has sido la voz de la conciencia y la sabiduría en cada paso que he dado. Me has hecho mejor persona, mejor profesional y mejor madre. Sin ti *El Show de Briten* nunca habría sido posible, no solo por poner sobre tus hombros todo el peso financiero de la casa cuando empecé esta aventura en paro y sin rumbo fijo, sino por creer en mí más de lo que yo nunca he creído. Gracias por hacer de tu familia la mía, especialmente a tu madre, que es un ángel viviente. Sabes que nunca nadie te va a querer tanto y tan fuerte como yo.

A mis seguidores (mis Nebliners guapos), sin los cuales literalmente nada de esto sería posible. Todo lo que estoy viviendo es gracias a vuestro apoyo, ya que si no vierais mi contenido todo esto sería humo. No sabéis lo que significa para mí que me sigáis apoyando día a día. En especial, quiero agradecérselo a todos aquellos que participaron en el *crowdfunding*, que fueron quienes creyeron en mí cuando todo esto era campo. Gracias de todo corazón.

A todos los que en este camino han sido un pilar fundamental, como Sergio Barreda, quien me impulsó a escribir este libro; mi Nuria, que me ayuda con todos mis vídeos; mi Raúl Massana, quien me enseña sobre comedia más que nadie. A mis editores, Sergi Álvarez y Berta Lluís, por ayudarme con la escritura del libro; al Mago More, por el prólogo y por los consejos, que siempre enriquecen (tus libros son lectura obligatoria), y a Alicia de Mendizábal, gran amiga y editora encubierta del libro.

Un último gracias.

# PARA APRENDER MÁS

*Libros*

ALCAIDE, Francisco, *Aprendiendo de los mejores*
ARDEN, Paul, *Usted puede ser lo bueno que quiera ser*
BROWN, Brené, *Los valientes andan solos*
BYRNE, Rhonda, *El secreto*
CLEAR, James, *Hábitos atómicos*
COUSINS, Norman, *Anatomía de una enfermedad*
DWECK, Carol, *Mindset: La actitud del éxito*
DYER, Wayne, *El poder de la intención*
DYER, Wayne, *Tus zonas erróneas*
FRANKL, Viktor, *El hombre en busca de sentido*
GONZÁLEZ, Fabián, *La marca del emprendedor*
GRATTON, Lynda y SCOTT, Andrew, *La vida de 100 años: Vivir y trabajar en la era de la longevidad*
HICKS, Esther y HICKS, Jerry, *La ley de la atracción*
KABAT-ZINN, Jon, *Vivir con plenitud las crisis*

KATIE, Byron, *Ama lo que es*
MAGO MORE, *Superpoderes del éxito para gente normal*
MIRALLES, Francesc, *Mazal. El secreto ancestral de la Fortuna*
NEFF, Kristin, *Sé amable contigo mismo*
OSHO, *Más allá del miedo*
PARAGES, Jacobo, *Lo que aprendí del dolor: ¿Qué haces cuando el dolor no te deja vivir?*
ROJAS ESTAPÉ, Marian, *Cómo hacer que te pasen cosas buenas*
ROVIRA, Alex y TRÍAS DE BES, Fernando, *La buena suerte*
RUBIN, Gretchen, *Objetivo: Felicidad*
SANTANDREU, Rafael, *Las gafas de la felicidad*
SCHWARTZ, Barry, *La paradoja de la elección*
SCHWARTZ, David, *La magia de pensar en grande*
SHARMA, Robin, *El monje que vendió su Ferrari*
SINEK, Simon, *Encuentra tu porqué*
TOLLE, Eckhart, *El poder del ahora*

## *Conferencias*

KÜPPERS, Victor, *Vivir con entusiasmo*
PUNSET, Elsa, *Cómo aprovechar la neurociencia para ser más felices*
ROBBINS, Mel, *How to Stop Screwing Yourself Over*
ROHN, Jim, *The Power of Ambition*
ROVIRA, Álex, *Creer para ver*
SINEK, Simon, *Start With Why*

## *Series, películas, documentales y programas*

BELIC, Roko, *Happy*
COSTANTINI, Cristina y FOSTER, Darren, *Own the Room*
D'AVELLA, Matt, *Minimalism*
DEKORNFELD, Ora, *La mente, en pocas palabras*
GARCÍA, Rodrigo, LEVI, Hagai y BERGMAN, Nir, *In Treatment*
KØHLERT, Morten, *El Secreto*
KUNHARDT, Peter, *Becoming Warren Buffett*
MUÑOZ, Miguel Ángel, *100 días con la Tata*
NOONAN, Kelly, *Heal*
ORCHARD, Doug, *The Motivation Factor*
ORLOWSKI, Jeff, *El dilema de las redes*
RAPKIN, Brett, *El peso del oro*
RESTREPO, Sandra, *Brené Brown: Sé valiente*
ROBBINS, Tony, *No soy tu gurú*
WARD, Alie, *100 Humanos: Los misterioso de la vida. Resueltos*
WINFREY, Oprah, *The Me You Can't See*

## *Pódcasts*

BBVA, *BBVA Aprendemos juntos 2030*
BRITO, Ana y JONES, Xuso, *Poco se Habla!* (para reírte, porque aprender no aprendes)
ESPINOSA DE LOS MONTEROS, Beltrán, *Así empecé*
PAYA RUIZ, Eugenio, *Ideas para vivir mejor*
ROJAS ESTAPÉ, Marian, *El pódcast de Marian Rojas Estapé*
ROVIRA, Álex, BOLINCHES, Antoni y MIRALLES, Francesc, *Ojalá lo hubiera sabido antes*